SINNMASCHINEN

KURZGESCHICHTEN

GÜNTHER BIALLY

Cover: Christina Paraskevopoulou-Book Design Stars (fiverr.com)

3. überarbeitete Auflage 2024

ISBN: 978-3-7597-6926-8

Verlag: BoD · Books on Demand GmbH, In de Tarpen 42,
22848 Norderstedt
Druck: Libri Plureos GmbH, Friedensallee 273, 22763 Hamburg

VERÖFFENTLICHUNGEN

PRIMORDIAL SOUNDS

URGERÄUSCHE

IZZY'S WORLD – NOTES FROM THE BASEMENT

WEIHNACHTSGEDANKEN AUS DEM KONTOR

HADES – DIE MELODIE DER FLAMMEN

HADES- THE MELODY OF FLAMES

Besuchen Sie mich auf:

www.guenther-bially.de

INHALT

VERSTOPFUNG ODER: DIE MASCHINE IM GAR-
TEN   7

SINNMASCHINEN   34

DIE GROSSE STILLE   44

DIE MASKE   67

TARAS   117

VERSTOPFUNG ODER: DIE MASCHINE IM GARTEN

I

In einem wiederkehrenden Traum durchrannte ich meinem Vater auf den Versen das Paradies. Allein darin dampfte eine Maschine! Wir liefen über Wiesen, Hügel hinauf und hinab, rasten über Lichtungen, zwischen Berg und Tal bei großen Seen. Klaus, mein Vater, war ein Bub und ich nicht älter als ein Jugendlicher. Wir schossen über Blumen, durch Wälder, im Sonnenstrahl den Wolken entgegen – rastlos wie Motoren fuhren wir durch ein Farbenmeer. Ich träumte und wusste es, konnte doch niemand kilometerweit rennen, ohne seinen Atem zu verlieren. Getragen von wilden Füßen zischten wir ins Grenzenlose, ins Grundlose, ins Gradelose.

An einer Gabelung trennten sich unsere Wege. Die Beine wirbelten durch Sträucher und Büsche wie Mähdrescher, und Klaus wurde zum Punkt in der Weite. Wir wurden schneller und stetig jünger einer Zeitreise gleich.

Stillstand unter heiterem Himmel. Er stand regungslos inmitten einer Wiese von Nadel- und Laubbäumen umschlossen. Ich winkte ihm, mir zu folgen. Keine Reaktion. Ich eilte hinüber und fand ihn gebannt auf einen Riesen aus Stahl starren. Dort stand der Gigant einer Maschine. Sie dampfte und zischte. Ich rief. Ich wedelte mit den Armen. Erfolglos. Nichts weckte ihn aus seiner Weltvergessenheit.

Ich rieb mir die Augen und starrte auf den Koloss im Gras, gelehnt an Blu-
men, gelegen unter Bäumen. Zig Tonnen schwer mitten im Garten. Mein Vater,
der Junge, lacht und puffte mit den Lippen wie der Motordampf, der grauschwarz
zum blauen Himmel emporstieg. Absurd! dachte ich, während er bereits das Un-
getüm emporkraxelte und die Hebel und Knöpfe befühlte. Sein schrilles Jauchzen
schallte über die Wiesen hinein in die Wälder, und ich wunderte mich über den
Gestank, diesen üblen Atem des Dings.

Der Traum verlor an Farben und schmolz zu monochromen Grauschattie-
rungen. Sonderlich nur, dass mir das im Schlafe gegenwärtig war. Ich hielt nach
einer Ausgangstür Ausschau. Wir hatten uns verrannt im Land der Träume,
dem Reich der ewigen Wahrheiten.

II

Vierundsechzig Jahre alt, klein und gebeugt, den Arm zwischen
Fäkalien in der Toilette versunken, eingerahmt in einem grotesken
Bild in meinem Augenwinkel. Das frisch gefließte Badezimmer war
weiß und steril. In der lockeren Pose eines Turmes stand ich daneben
gelehnt gegen den Türrahmen. Er kniete, und ich hatte die Hände in
den Taschen vergraben. Es stank. Der Geruch kam aus der verstopf-
ten Toilette und sickerte aus jeder Wandpore.

»Schau gut zu, dann lernst du was«, mahnte er, ohne aufzu-
schauen.

Ich war ein Luddit, aber wer kannte diesen Begriff schon? Er hielt
bestimmt seine Augen geschlossen. Sein Geheimnis war, dass er mit
den Händen sehen konnte. Die Finger waren ihm Sicht – und dabei
exakt wie das Innenleben eines Uhrwerks. Ich hinkte seinem Tun
linkisch hinterher. Fingerfertigkeit ging mir ab. Eine Muskelatrophie
beschlich mich, die von den Schulterblättern wie kaltes Öl den versteinerten Torso hinablief. Wann auch immer es darum ging, Hand
anzulegen, legte eine Starre Hand an mich, und ich tat keinen Hand-
schlag.

»Hast du gesehen? Bei deinem Nachbarn im Garten liegt eine
Schreibmaschine zwischen den Büschen. Ein Verrückter hat seinen
Speermüll dort entsorgt?«

»Irgendwie absurd«, sagte ich und fügte hinzu:»Ohne Hand und Fuß.«

Ich zog ein Taschentuch hervor und schnäuzte mir die Nase. Draußen wehte der eisige Herbstwind und wühlte das Laub auf, wirbelte es empor und warf es im hohen Bogen umher. Die Blätter flogen wie ein zerfleddertes Manuskript ohne Paginierung kreuz und quer. Mit ihm war ich mir selbst fremd und immer irgendwie woanders. Ich wagte es nicht, mich zu setzen, und verließ auch nicht den mir zugewiesenen Radius. Für sein Handwerk war meine Anwesenheit im Grunde einerlei. Er brauchte niemanden bei der Hand; er wollte Anerkennung.

»Wusstest du eigentlich, dass der Mensch fünf Millionen Härchen auf dem Körper hat?«

»Ich nicht mehr«, sagte er trocken, und wusste nicht, dass er einen Witz gemacht hatte.»Wo hast du das gelesen?«

»In einer Zeitschrift.«

III

»Sieh nur!«, rief der schwarzhaarige Klaus, die Hände verschlungen in einer Öffnung des Metallmonsters. Wie ein Arzt mit einem Stethoskop horchte er staunend dem eisernen Herzschlag. Ich tat ein paar Schritte zurück und entdeckte gewaltige Fußspuren im moosigen Boden. Ein Riese oder ein Gott musste den Hünen einer Maschine hier an diese Stelle getragen haben. Aber warum nur?

»Dir scheint das nicht sonderbar, dass jemand mitten im Garten dieses Ding so groß wie zehn Lokomotiven abgestellt hat?«

Er schüttelte den Kopf. Er hatte die Frage bestimmt nicht verstanden.

»Dann kommt es dir auch nicht vollkommen verrückt vor, dass...«

Er guckte dummerhaftig.»Was?«

»Ach nichts.«

Wer nicht über eine Maschine im Garten stolperte, stieß sich auch nicht daran, dass es überhaupt einen Garten gab.

»Wie funktioniert sie nur?«, fragte er sich oder mich oder nur so.

Ich schüttelte verständnislos den Kopf und zwängte die Frage über meine Lippen: »Wie funktioniert was?«

»Die Maschine. Spürst du das nicht? Sie vibriert mit einem besonderen Ton.« Er war erregt und begeistert, gefesselt mit Faszination. Ich war fassungslos. Da war eine Maschine im Garten, und zwar komplett grundlos, und er war verhext vom Wie, anstatt zu fragen, warum.

IV

»Ist dir mal aufgefallen, dass wir meistens in Schwarzweiß träumen?«

»Noch nicht. Ich vergesse meine Träume«, murmelte er und stieß ruckartig in die Toilette.

»Die Forscher sagen, dass man meistens nur Landschaften in Farbe träumt. Sobald es Handlung im Traum gibt, wird dieser schwarzweiß.«

»Interessant«, sagte er und meinte es nicht.

Die Toilette war verstopft. Es hatte vor einigen Tagen angefangen. Das Wasser lief nur langsam ab. Anfangs hatte es nur ein paar Minuten länger gedauert. Nun aber stand die braune Brühe mehrere Stunden. Es musste am Papier gelegen haben. Der Topf hatte sich an den dicken, grauen Papiertüchern von der Arbeit verschluckt. Ich hatte mir täglich eines in die Hosentasche gesteckt und später zu Hause törichterweise im Badezimmer entsorgt. Nicht alles war leicht zu schlucken, und vieles blieb einem im Halse stecken.

Für meinen Vater ließen sich die meisten Probleme mit einem Stück Draht lösen, den niemand beherrschte wie er. Er formte ihn wie andere ihre Schuhschleifen, und das Metall gehorchte seinen Händen. Hätte man ihn auf einer einsamen Insel ausgesetzt mit einer großen Spule Draht und einer Zange, dann hätte er drei Monate später in einer Palmenvilla gehaust.

Er hatte einen Draht mit einem Metallkopf bestückt, der es ihm erlaubte, in die Biegung des Abflussrohrs vorzustoßen, um dort die verstopfte Stelle zu durchbrechen. Die Idee war so einfach wie genial. In seiner Welt war alles mit einem Stück Metall reparierbar.

Er hatte sein Dorf nie wirklich verlassen, auch nicht dann, als er in die große Stadt umgezogen war. Die Nachkriegszeit hatte nur wenig parat gehalten, also war er ein Bastler geworden. Selbst ein paar Schlittschuhe hatte er sich als Junge gefertigt, mit denen er über den gefrorenen See gelaufen war.

Die Welt von Stoß und Wirkung war mir verschlossen. Ich hatte mir als Jugendlicher ein Schwert basteln wollen, bestehend aus einem eisernen Heft und einer Aluminiumschneide. Allein es war misslungen.

V

»Komm herauf!« Sein Rufen war ein Jauchzen.

»Ist das nicht verrückt?« Meine Stimme war monoton.

»Was meinst du? Hör' doch, wie die Maschine brummt. Spür' nur wie sie vibriert. Das musst du selbst erfahren!«

Er bewegte sich unruhig von einem Bein aufs andere, als müsste er pinkeln.

»Eine Maschine mitten im Garten. Kannst du das nicht sehen?« Ich hatte zu streng gesprochen. Das tat mir leid.

»Was soll ich sehen?«

»Wie abwegig das ist.«

Er schüttelte abwesend den Kopf, und seine Arme verschwanden tiefer in einem schwarzen Loch hinter einem Türchen, der Pforte zum Innenleben des Dings.

»Echt jetzt?!« Mein Tonfall war zu scharf und ungeduldig. Ich hätte mich entschuldigen sollen.

Er ignorierte mich. In einer schwarzweißen Welt war er farbenblind für das, was ihm direkt vor Augen stand.

VI

Es war ein müßiger Samstag. Ich hatte im Bett gelegen, als es geklingelt hatte. Mit einem Satz war ich aufgesprungen, hatte die Decke glattgezogen und meine Bücher im Regal verschwinden lassen. Nichts hatte meine Untätigkeit verraten sollen.

In der verkehrten Welt der Preußen wurden Kinder nicht erst für Videospiele gemaßregelt, sondern bereits fürs Lesen. Es war Zeitverschwendung! Ich vermutete, der einzige Mensch auf Erden zu sein, der sich für seine Bücher schämte – vielleicht meinetwegen oder seinetwegen. Fremdschämen und Eigenscham waren in meiner Familie aufs Tiefste miteinander verquickt.

Mein Doppelbett war schiere Logistik: Es diente meinen Büchern als Ladefläche. Das Sitzen am Schreibtisch tat meinem Rücken nicht gut. Kaltschaummateratzen hingegen waren wirbelfreundlich. Ein Liegesessel wäre das Nonplusultra gewesen – für den Studenten, der ich nun einmal war, leider unerschwinglich.

Ich hatte den Summer gedrückt. Ich wohnte im Haus 49, im zehnten Stock. Wenn man beide Zahlen multiplizierte, ergaben sie vierhundertneunzig.

VII

»Sie summt so schön«, bemerkte Klaus fast träumerisch.

Er hatte recht. Auch ich hörte es. Die Schwingungen liefen gleichmäßig durch den Boden und den eigenen Körper. Hätte er mich nicht darauf aufmerksam gemacht, wäre es mir entgangen. Zu sehr war ich von der Absurdität dieses Monstrums abgelenkt. Die Frage nach Funktionalität war fehl am Platze.

Ich schlenderte um die Maschine herum auf der Suche nach einer Gebrauchsanweisung. Wie es nur im Traum sein konnte, fand ich ein dickes Buch. Auch das war absurd! Ich reichte sie meinem Vater, dem Jungen mit dem schwarz gelockten Haar. Er war missmutig. Aufdringlich drückte ich sie in seine

11

schmutzigen Finger, die schwarze Flecken auf dem weißen Papier hinterließen.
Er zeigte sich bemüht, es zu lesen. Doch je länger er darin blätterte, desto weniger
verbarg er seinen Frust. Dann, in einem Anfall von Wut, riss er die Seiten
heraus und warf sie in einem hohen Bogen in den Himmel, wo sie, vom Wind
erfasst, sich als wilder Regen verstreuten.

Ich war geschockt und verletzt. Etwas benommen sammelte ich einige Seiten
wieder auf. Die Seitenzahlen waren durcheinander. Paginierung war Orientie-
rung.

VIII

Mein Vater hat die Welt nie erblickt, sondern umfasst wie ein Blinder seinen Stock. Jenseits der Fingerkuppen erstreckte sich ihm das Nichts. Für mich hingegen war allein das Auge die Pforte zur Welt. Vermutlich irrten wir beide umher.

Damals als Jugendlicher hatte ich ihn brütend über seiner Werkbank beobachtet. Die Reparatur hatte ihm nicht gelingen wollen, bis er seine Augen geschlossen hatte und nahezu zärtlich über die Oberfläche gestrichen hatte. Ich hätte fast behauptet, dass das Werkzeug zu ihm gesprochen hatte. Er ruckelte. Es hatte gezuckelt. Und das Ding hatte seine Geheimnisse preisgegeben.

Er war kein Mann von Worten. Erklärungen lagen ihm schief im Mund. Er hatte mich das Sehen mit Händen lehren wollen, allein es war misslungen. Als Vierzehnjähriger hatte er mich mit zum Auto genommen und meine Hände tief in den stotternden Motor geführt. Das war naiv von ihm gewesen. Den Herzschlag hatte ich ertasten sollen. Er hatte vermeint, dass auch ich die Schrauben, Kabel und Schläuche in ihrem Wesen erfassen würde. Stattdessen hatte ich mir den Finger geklemmt und mir die Hand so tief geschnitten, dass sie mit fünf Stichen genäht werden müssen.

Das einzige Licht meines Körpers war mir das Auge. Die anderen Sinneswahrnehmungen waren schlichtweg blind. Ständig forschte ich nach einem Gesamtbild, in dem sich alle Details aneinander reihten. Ohne dasselbe verirrte ich mich im Wust. Meinem Vater war das große Bild fremd. Er kannte nur das Stückwerk. Auf Skizzen wusste er nicht oben von unten zu unterscheiden. Was seine Augen bis zur Unkenntlichkeit verhackstückten, begriffen seine Hände klar und deutlich.

»Was meinst du, welcher Idiot hat seine Schreibmaschine in den Garten des Nachbarn geworfen?«

»Gestellt«, berichtigte ich ihn.

»Wie?«

»Es liegt doch auf der Hand, dass sie jemand dort hingestellt und nicht geworfen hat.«

»Aber warum?« Er unterbrach sein Handwerk.

»Keine Ahnung.« Ich klang so nonchalant, dass es beinahe verräterisch war.

»Das macht doch keinen Sinn.« Er nahm seine Arbeit wieder auf.

»Das *ergibt* keinen Sinn«, korrigierte ich ihn.

»Warum kann man nicht sagen, dass etwas Sinn macht?«

Er stoppte wieder.

»Dinge tun nichts, und schon gar nicht produzieren sie einen Sinn. Der Mensch tut das. Wir stellen sie zusammen, und dann ergeben sie für uns entweder einen Sinn oder halt nicht.«

»Das macht keinen Sinn«, sagte er, und ich rollte mit den Augen.

Nützlichkeit ohne Kontext war absurd. Ich wiederhole es gerne: Nützlichkeit ohne Kontext war absurd. So lautete die Gleichung, die allen Dingen innewohnte.

Vor Jahren hatte ich eine alte Lokomotive mitten in einem Feld stehen gesehen: schienenlos und wie defekt vom Verkehr abgeschnitten, einfach da, absurd eben. Auf einem Bahnhof hätte sie sich nahtlos und unsichtbar ins Bild eingefügt. Aber als Koloss zwischen Roggen ragend verschlug es einem die Sprache. Allein mein Vater wäre sogleich zum Metallriesen geeilt, um ihn zu berühren und zu bestaunen als der Bub, der er nie aufgehört hatte zu sein.

Mit der Lokomotive im Feld stand mir das Absurde gegenüber, nicht als Novum, sondern in Klarheit, greifbar wie ein Aphorismus. So stark war dieser Eindruck, dass ich ihn wiederholen wollte – ja musste. Es geschah zwar nur selten, aber wenn es über mich kam, dann ungestüm. Vor einigen Wochen hatte ich mir auf dem

Flohmarkt eine alte Schreibmaschine gekauft – nicht eine elektronische, sondern eine mechanische, eine von damals. Abends bei Dunkelheit hatte ich sie heimlich zwischen die Büsche im Nachbarsgarten gestellt, zwischen Blumen, unter Zweigen. Das Gefühl der Absurdität regte sich spürbar in mir, zwar nicht so stark wie beim Anblick einer Lokomotive im Roggenfeld, aber trotzdem präsent. Größe spielte eine Rolle.

IX

Ich zog Klaus davon wie ein Vater seinen Sohn. Er weinte bitterlich, und ich schämte mich für ihn und für meine Hartherzigkeit.

»Lass uns weiterlaufen«, drängte ich ihn.

»Aber die Maschine!«, quengelte er.

»Die ist nicht wichtig. Wir wissen doch gar nicht, was sie tut.«

Er weinte, und ich wusste nicht, warum. Wir nahmen die Beine in die Hand und liefen davon. Kilometer weit. Lange Zeit, ohne zu ermüden. Er lief schnell, aber lustlos. Ohne Mühen liefen wir einen Berg hinauf und waren nicht einmal außer Atem.

Ich wollte ihn aufmuntern in der Hoffnung, dass er seine Maschine vergessen würde. »Guck nicht so bedrückt. Wir werden einen Riesenspaß haben, wenn wir den Hang auf der anderen Seite hinunterlaufen.«

Als wir den Kamm erreichten, jauchzte er: »Schau nur!«

»Oh nein!«, entfuhr es mir.

Unten im Tal stand die dampfende Maschine. Wir waren kilometerweit im Kreis gelaufen.

»Meine Schuhe drücken mich«, stöhnte er und sank auf die Wiese.

»Echt jetzt? Wie kann das... Egal, ich gucke mir gleich deine Schuhe an.«

Die skurrile Situation war verwirrend.

»Sie stottert«, sagte er besorgt.

»Wer stottert?«

»Die Maschine.«

Er hatte es sofort bemerkt und nun auch ich. Sie vibrierte wie ein Husten.
»Wir müssen sie reparieren«, sagte er und verschränkte die Arme trotzig.
»Wozu nur?«
Aber er hörte mir nicht zu und lief bereits den Hügel hinab.

X

Die Sitten eines Landes schufen ihre eigene Ordnung und eigentümlichen Neurosen. Mein Vater mühte sich hörbar. Seine Unterarme stießen im Trommelwirbel tief in die braune Suppe. Er machte es einem unmöglich, sich an seinen Mühen vorbeizuschleichen. Er klagte über schmerzende Schultern und seine kaputten Knie. Ich hatte ihm ein Handtuch und ein Kissen angeboten. Er hatte abgelehnt. Ich konnte nichts dafür, trotzdem fühlte ich mich schuldig.

In meiner Familie geschah nichts Einfaches. Alles besaß einen Doppelklang von Anspruch und Widerspruch, die sich ineinander zum Netz verwirrten. Das Haus des Preußen Klaus kannte keine billige Anerkennung, sondern nur den mühsamen Weg über Wortschleifen. Ganz gleich an welchem Ende der Schnur man zog, sie knotete sich stets zur Schlinge.

Wem der direkte Weg versperrt war, ersann sich Schleichwege. Und wer bei uns zu Hause Lob suchte, musste den Umweg über Schuldgefühle nehmen. Ich nannte es »Das kleine Martyrium« – ein stöhnendes Melodrama in drei Akten, in dem Arbeit zur Aufopferung und Leiden zum Lob wurden. Jeder erhielt eine Rolle und durfte die Bühne nicht vorzeitig verlassen. Die Hauptdarsteller waren stets ein jesuanisch Schuftender und ein frevelhaft Fauler. Das Stück kannte auch Statisten, deren Rollen unverhältnismäßig schwer zu spielen waren. Die Handlung war trotz zahlloser Variationen immer einfallslos dieselbe: Anerkennung via das schlechte Gewissen der anderen.

Bei uns zuhause erhielt niemand seinen Werklohn auf direktem Wege, sondern allein auf Umwegen, dann allerdings mit

Zinseszinsen, und all anderen zahlten eine deftige Zeche. Ich hatte wiederholt für einen unkomplizierten Einakter plädiert, bestehend aus Mühen und Meriten. Nur ein ehrliches und einfaches Lob hätte das Gordische Gewirr, gewachsen über Generationen, zerschlagen können. Allein es war unmöglich, Klassiker aus dem Spielplan zu nehmen.

Zuhause waren Tugend und Tüchtigkeit ein und dasselbe Wort. Nichts war gut, es sei denn, der Schweiß des Fleißes machte es dazu. Auch die Schönheit hatte bei uns nichts mit Wahrnehmung zu tun, sondern mit Schaffenskraft. Ein flammender Sonnenuntergang war banal; ein Deich aber, erbaut von Menschenhand, war prachtvoll. Ohne den Zweiklang von Schuld und Mühe war alles Schöne bloßer Kitsch.

XI

»Schau, die Sonne geht bald unter«, sagte er.

»Echt jetzt?« Ich war wenig erstaunt, lediglich frustriert.

»Wie meinst du das?« Seine Fragen waren stets kindlich naiv.

»Ach, vergiss es einfach.«

Wenn er sich nicht über eine Maschine im Garten verwunderte, warum sollte er hinterfragen, dass die Sonne im Paradies versank, anstatt für immer zu scheinen, was das Sinnvollere gewesen wäre?

»Wir brauchen ein Lagerfeuer«, sagte er.

Er hatte recht, denn bald würde man die Hand nicht mehr vor den Augen sehen.

»Wäre es nicht besser, wenn wir keines bräuchten?«

Ich wusste, dass es zwecklos war, dennoch wollte ich, dass er mich versteht.

»Du sprichst immer in Rätseln«, nuschelte er.

»Und dir kommt nie in den Sinn, dass hier etwas schiefläuft?«

»Wovon redest du?«

»Ich meine dieses...« Ich stockte. »Ich meine alles.«

»Alles?«

Er verstand es nicht, weder jetzt noch irgendwann.

»Egal« Ich kehrte ihm den Rücken. »Wir brauchen ein Lagerfeuer.«

Der kleine Klaus fror. Mir war es auch nicht behaglich, aber nicht kalt. Er ließ die Maschine links liegen. Sie hatte mit einem Mal ihre Faszination für ihn verloren. Er sprang von ihr herunter und ging wie getrieben fort. Ich lief ihm nach, rief ihm nach. Er hörte nicht. Er sammelte die verstreuten Zettel der Gebrauchsanweisung zusammen. Viele Seiten für einen komplexen Apparat. Dann entzündete er die Seiten, und ich, mit dem Feuerholz unterm Arm, konnte ihn aus der Ferne nicht stoppen.

»Was tust du?! Jetzt werden wir die Maschine nie mehr reparieren!«

Ich war so verärgert, dass sich meine Stimme überschlug. Langsam beschlich mich die Ahnung, dass wir diesen Ort so lange nicht verlassen würden, bis wir den eisernen Behemoth wiederhergestellt hatten.

»Warum regst du dich so auf? Ich mache ein Feuer. Wenn wir nicht essen, dann werden wir sie niemals in Ordnung bringen.«

»Woher hast du das Feuerzeug?« Mein Ton konnte den Ekel nicht verbergen, denn das Absurde hatte etwas Widerliches.

»Es war in meiner Hosentasche. Was ist das für eine komische Frage?«

»Ach was!« Ich war geschockt. »Du denkst nicht, dass es sonderbar ist, ein Feuerzeug in der Hosentasche zu finden?«

»Wieso?« Seine Replik kam ihm schrill über die Lippen.

»Echt jetzt?!«.

»Warum fragst du?«

»Ist jetzt egal. Alles ist einerlei.«

Ich schüttelte resigniert den Kopf. Die ersten Seiten der Gebrauchsanweisung brannten lichterloh. Dass wir die Maschine jetzt noch reparieren würden, schien ausgeschlossen. Der Wind wehte und schleuderte verstreute Seiten fauchend umher.

»Wir müssen etwas zu essen suchen, bevor die Sonne untergeht.«

Das Gefühl der Absurdität übermannte mich wie ein Übel und eine Übelkeit. Wenn dies das Paradies war, dann war jeder Mangel abwegig, und so etwas wie Hunger erst recht.

XII

Zu Hause nannten wir »Faulheit« nur das *Wort*. Zu häufig war es auf den Tisch gedonnert worden. Es besaß einen ekelerregenden Klang. Fleiß hingegen schmeckte süßlich. Das *Wort* war so vielschichtig wie die Generationen, aus denen es hervorgegangen war. Kein Außenstehender hätte die verschachtelten Schichten durchdrungen. Faulheit war ein Holzwurm, der das Innere eines Bauwerks aushöhlte. Sie war keine Privatsünde wie das Laster, denn sie barg in sich das Potential, das System, worin wir lebten, zum Einsturz zu bringen. Der Faule war ein Verräter. Ordnung fußte auf Fleiß, ohne welchen das ganze Gebilde kollabieren musste. Die Pflicht war heilsam.

Das Preußische kannte keinen Begriff für Ruhe, sondern nur Schattierungen der Erschöpfung, jener Modus nach der Arbeit. Die Tür zur Erholung führte über den Umweg der Ermattung; sie allein war von aller Faulheit geläutert. Auf die Erschöpfung folgte die Arbeit, und die Arbeit auf die Erschöpfung, ohne ein Dazwischen, und rund war der Kreis.

Ich war ein sündiger Tagträumer, der sich wie eine Sau in mediterraner Spontanität suhlte, in einer Welt bar von Pflichten. Zu gern trieb ich ziellos in den Tag hinein, bis sich im Verborgenen meine preußische Seele über sich selbst entsetzte.

Über den Esstisch schwang das Hauspendel zwischen Tüchtigkeit und Tadel, jene gnadenlosen Kategorien, gegen die jedes Rebellieren zwecklos war. Sie waren die Schienenspuren, auf denen meine Gedankenzüge dampfend rollten. Und ohne dieselben drohte mein Denken zu entgleisen.

In dem Haus des Preußen Klaus war alles Akademische Müßigkeit. Mein Vater wusste nichts von den Leiden des jungen Schreibers, dessen Leib unter Wehen Worte gebar. Bereits das Sitzen am Schreibtisch machte dich verdächtig, denn anders als die Arbeit an der Werkbank mit Hobel und Hammer war das Schreiben ein lautloses Gewerk.

Nie hatte ich vergessen und nie vergeben, damals als mein Vater…

Noch immer höre ich mich schreiend verteidigen, voller Zorn und Verzweiflung:»Ich bin nicht faul!«

Und dann zischten – wieder und wieder, unaufhörlich und erneut, ins Gedächtnis geschnitten – die Seiten meines Manuskripts wie ein Wirbelwind und mit dem Klang von vielen Messerschnitten gegen die Raumdecke, geschleudert von seinem kleinen, aber kräftigen Arm. Er hatte mir aufgetragen, den Rasen zu mähen, und ich, vertieft in meinen Zeilen, hatte es sträflich schleifen lassen.

Ich hatte weinen wollen. In seinen Augen hatte nur Verachtung für meine brotlose Kunst geschrieben gestanden. Wie ein König hatte er mit der Erhabenheit eines Dorftrottels auf die verstreuten Zettel geblickt.

»Was ist das schon?«, hatte er kommentiert wie gespuckt. Seinen Ausspruch hatte ich geschluckt, aber nie verdaut.

Neunundvierzig Seiten hatte ich geschrieben. Es hätten noch zehnmal so viele werden sollen. Vierhundertneunzig. Nun hatten sie dagelegen. Zerfleddert. Zerstreut.

Dieses Zischen von regnenden Buchseiten hallte zeitlos zwischen ihm und mir, hinein in diesen fernen Moment, da er vor der Toilette kniete.

XIII

»Ich habe Hunger«, sagte der kleine Klaus gequält.

Das waren die schmerzhaftesten Worte, die ich je gehört hatte. Mit der Nacht kam der nagende Magen, insbesondere nach einem Tag ohne Bissen. Er war nie älter geworden als sein Hunger und hätte jedem aus der Hand gefressen, der ihn hätte füttern können. Hier draußen in der Welt der Träume waren die Grenzen der Zeit das, wovon wir uns nie hatten lösen können.

Ich selbst hatte Hunger nie kennengelernt, also erfuhr ich hier nicht einmal den Hauch von Appetit. Er aber lief von Birnenbaum zu Birnenbaum, um sich Früchte zu pflücken. Allein er war zu kurz.

»Warte, ich hole sie dir von dort oben.«

Er nickte, angestrengt das Wühlen in seinem Bäuchlein zu beherrschen.

»Sie sind noch nicht reif«, sagte ich.

»Das macht nichts. Bring sie mir. Bitte!«

Er war ungeduldig wie auch auf der anderen Seite der Traumwelt. Ansonsten gab es weit und breit nichts Essbares. Auch das schien absurd. Ich spießte Früchte auf einen Ast und hielt sie übers Feuer der brennenden Buchseiten. Seine Augen loderten begierig. Ich brach die Birne, reichte sie ihm, und er aß.

»Möchtest du nicht auch?«, fragte er.

»Nein, danke.« Die Vorstellung allein bereitete mir Unwohlsein.

»Wie? Du hast keinen Hunger?«

Ich schüttelte den Kopf. Er schmatzte, wie er es auch auf der anderen Seite der Wirklichkeit tat. Wir hatten unsere tiefverborgenen Ungleichungen ins Paradies hinübergetragen. Falls meine Vermutung stimmte, dann war dieses Ungetüm einer Maschine kein Versehen der Götter, sondern Absicht. Das Ding da war für einen von uns beiden bestimmt. Falls das richtig war, so besaß sie einen Sinn, und nicht nur sie, sondern auch die untergehende Sonne in einem ewigen Reich, Bäume mit unreifen Birnen und die Tatsache, dass es überhaupt ein Paradies gab, wenn es doch so viel sinnvoller gewesen wäre, dass es keines gegeben hätte. Die Maschine dampfte stotternd und keuchend. Ein großer Jemand hatte diesen Behemoth, den nicht einmal hundert starke Männer einen einzigen Zentimeter hätten verrücken können, hier für uns stehengelassen.

»Ich verstehe nicht, dass du keinen Hunger hast«, sagte er und würgte eine halbe Birne herunter.

Aus Höflichkeit nahm ich ein Stück unreife Frucht. Er stieß sich nicht an einer Maschine im Garten, aber daran, dass mein Magen hier nicht knurrte. Ich hätte eine Ewigkeit ohne Birne oder Brot verbringen können. War nicht auch das absurd?

»Als Kind war ich immer hungrig«, erklärte er kauend.

»Wenn du in den Spiegel blicken könntest, würdest du sehen, dass du immer noch ein Knabe bist.«

Ich sprach sehr leise, und er hatte mich vermutlich nicht einmal gehört.

»Es hat nichts zu essen gegeben. Der Boden war wie verbrannt, und die Winter waren eisig.«

Ich nickte nachdenklich.

»Wenn du nichts zu essen hast, dann ist alles andere egal, weißt du? Du kannst nicht einmal ein Buch lesen, so hungrig bist du.«
Und eines zu schreiben war erst recht abwegig. Er schien ein wenig gesättigt und legte die Hände ineinander.

XIV

Verstopfungen ließen sich auf Löslichkeit reduzieren.

Der Kopf meines Vaters befand sich wenige Dezimeter über schwimmenden Fäkalien. Mit vollem Körpereinsatz mühte er sich, den Draht durch das volle Rohr zu stoßen.

»Du hast wohl etwas Großes in die Toilette geworfen«, sagte er halb sachlich, halb vorwurfsvoll.

Ich nickte. Die meisten Probleme waren handgemacht. Toilettenpapier besaß eine Doppeleigenschaft. Im trockenen Zustand sollte es reißfest sein, im nassen allerdings schnell lösbar. Die grauen Papiertücher von der Arbeit waren das Gegenteil davon, denn auch im Wasser behielten sie ihre Festigkeit. Sie hatten sich verzopft und ein Knäul gebildet. Verstopfungen waren letztlich eine Frage der Spülbarkeit.

Worte waren wie Toilettenpapier: eine Kombination aus Reißfestigkeit und Spülbarkeit. Manches trockene Wort löste sich bei Berührung mit Wasser rasch auf. Andere hingegen verklumpten mit jedem Spülen. So war es gekommen, dass mir einiges hinablief und mir anderes bis zum Hals stand. Im Haus des Preußen Klaus wurde zwar nur wenig gesprochen, doch vieles davon war leichtfertig über die Lippen getreten und hatte sich mir im Magen verzopft. Manches hätte besser verschluckt als ausspuckt werden sollen. Wenig war erbaulich gewesen, und vieles schwer verdaulich. Wer hätte geahnt, dass Worte kosmische Kräfte freisetzten?

XV

Ich sprang auf und übergab mich. Die Birne schoss mir durch den Rachen und platschte über die Wiese. Und nicht nur sie, sondern auch etwas anderes, was ich beim Schein des Lagerfeuers nicht erkennen konnte.

»Geht's dir gut?«, fragte er.

»Viel besser.«

Ich erhob mich keuchend vom Boden, umschwirrt von zischenden Blättern, die wie im Herbstwind umhergetrieben wurden. Entschlossen blickte ich auf zur Maschine.

»Was war das Absurde? Und hatte es seinen Bestand dort draußen in der Welt oder wurde es nur von uns zwischen Baum und Strauch hineingetragen, so wie dieses Ding da?«, sprach ich zu mir selbst.

Wenn dies das Land der Träume war, dann war nichts wirklich, aber alles war ewiglich wahr. Dann waren dieses nicht die Fußstapfen der Götter, denn sie hätten wissen müssen, dass eine Maschine im Nirgendwo nicht hätte sein dürfen. Dies war nicht das Paradies, sondern das Reich zwischen den langen Ufern von Sinn und Unsinn. Es war an uns, unsere Absurditäten wuchern zu lassen oder auszureißen.

»Wir müssen uns ans Werk machen!«, rief ich ihm zu.

»Was? Warum?«

Überrollt von einer Idee ignorierte ich seine Frage. Es war nicht wesentlich, warum dort eine Maschine stand, sondern allein, dass dort eine war. Sie musste wieder in Ordnung gebracht werden. Nur so würden wir wieder richtig funktionieren. Davon war ich überzeugt. Das Absurde schwebte zwischen ihm und mir, solange dieses Ding da stotternd die Fäden in der Hand hielt.

XVI

Ich wollte ihm helfen, aber er gab nur selten das Heft bei der Arbeit aus der Hand. Immer war alles irgendwie verzwickt.

Er war kein Lehrer, sondern ein Arbeiter mit einem großen Hunger. Das Manko an Klarheit wollte er über die Lautstärke wettmachen. Zu rasch und zu häufig hatte er mir bei meinen zaghaften Versuchen dazwischen gegriffen und mir damit die Lust am Werkeln verdorben. Er hatte mir übereilt den Schrauber aus der Hand gerissen. Das war sein Fehler. Ich hatte ihn gelassen. Das war meiner. Für einen kleinen Mann besaß er große Hände, rund und ohne Eleganz. Sie fanden ihren Weg, wie durch Magie gelenkt, durch jede widerspenstige Mechanik. Man hätte meinen können, dass er die unsichtbaren Energien, die in allen Dingen schlummerten, mit seinen Fingernägeln riechen konnte. Der gesunde Händeverstand machte ihm die Welt begreiflich. Letztlich war alles nur ein Zusammenwirken von Kraft und Widerstand. Das war sein Credo. Gesunde Finger bedurften keiner Gebrauchsanleitung.

Die Welt war ihm eine Maschine und Werkzeug ihre universelle Sprache, und nicht etwa die Kunstsprache der Mathematik. Ein Hobel ließ Holz ertönen, Nagel und Hammer verbanden sich zur sinnvollen Einheit, der Pflug entriss dem Boden seine Geheimnisse, und die Windmühlen säuselten das Kauderwelsch der Winde zu klangvollen Stimmen. Die Allgegenwart der Mechanik wohnte allem inne, und ein Stück Draht war die Antwort auf nahezu alle Fehlfunktionen.

Allein ich teilte seinen Glauben nicht. So blieben wir uns fremd. Dem Aristoteles war das Sehen der göttlichste aller Sinne und das Tasten der niedrigste. Die Gründe dafür lagen auf der Hand: Die Haut stand der Leiblichkeit zu nahe, jener Materiesuppe, die zu dunkel war, um die großen Wunder im Himmel zu erfassen. Vielleicht stellte diese Überzeugung alles auf den Kopf, und in Wirklichkeit war die Berührung die Pforte zur Welt, und jenseits der Fingerkuppen war überhaupt nichts, nicht einmal Schmutz. Raum und Berührung fielen in eins. Bereits im Urdunkel des Mutterleibs ertasteten wir den Raum, und in einer Umarmung öffnete sich das grenzenlose Universum. Es war eine Illusion, Dreidimensionalität als Produkt von zwei Augen zu verstehen. Allein über die Haut erstreckte sich der Raum ins Unendliche. Nur der Körper allein berührte die Welt unmittelbar; alle anderen Sinneswahrnehmungen standen zwischen uns und den Dingen. In unseren kleinsten Körperhärchen schlummerte die Realität.

»Kannst Du mir die Kündigung schreiben?«, fragte er, indem er die Arbeit aussetzte und den Kopf zu mir hob.

Mit der trockenen Hand strich er sich durchs schüttere Haar. Er wusste nicht, zwei Dinge gleichzeitig zu tun. Eines musste unweigerlich ruhen. Ich beneidete ihn für dieses Handicap. Stets jonglierte ich mehrere Gedankenbälle gleichzeitig. Mein Kopf war wie seine Finger: flink und behände, bald hier, bald da. Irgendwie rastlos.

»Versprochen. Hand drauf!«, sagte ich.

Worte gingen ihm nicht leicht von der Hand. Es war bereits das vierte Mal gewesen, dass ich ihm deutlich zu verstehen gab, dass ich ihm sein Schreiben aufsetzen würde. Allein er verstand es nie beim ersten und zweiten Mal, also fragte er nach.

Wir beide reduzierten alles auf ein Einziges: er aufs Werkzeug und ich aufs Wort. Mein Erdball ruhte auf den Schultern eines Ausspruchs, der vibrierend durch alles hindurchtönte und es überhaupt erst erlaubte, die Dinge zur Sprache zu bringen. Das war naiv gedacht, und ich wusste es. Er ehrte den Draht und ich das Wort. Beide vermeinten wir, sie besäßen die Kraft, alles zu erfassen.

Als Vater und Sohn waren wir einander sonderlich: der eine linkisch, der andere lakonisch.

XVII

Er legte seinen Kopf unweit des Feuers nieder. Er war ersichtlich hungrig, als wollte er sagen, dass kein Berg an Birnen seinen Urhunger hätte sättigen können. Er besaß zwar die Hände, doch war er zu schwach, um die Maschine zu reparieren. Für mich war es zu dunkel dafür. Wie hätte ich mit den Händen allein die lockere Schraube oder das verklemmte Zahnrad finden sollen? Ich wollte bis zum Morgen warten, aber die Nacht in dieser Welt schien grenzenlos lang.

»Du musst sie allein reparieren.«

Sein Reden war ein schwaches Flüstern. Neben ihm brannten die Seiten der Gebrauchsanleitung, die ich jetzt gut hätte gebrauchen können. Irgendwie fehlten sie immer, zumindest in meinem Leben. War es nicht absurd, dass die Menschheit auf dem Planeten Erde gestrandet war, ohne Landkarte, ohne Handbuch, ohne Kurzanleitung, nur ausgestattet mit der grenzenlosen Freiheit, alles versuchen zu können, was allerdings nicht selten tödlich geendet hatte?

»Ich weiß nicht, ob ich das kann. Um ehrlich zu sein, weiß ich, dass ich es nicht kann. Ich habe nicht deine Hände.«

»Doch hast du«, sagte er sanft.

»Habe ich?«

Das war keine Frage, sondern Resignation. Er nickte. Der kleine Klaus wirkte welk, nahezu alt, gemartert von einem lebenslangen Hunger.

»Du bist mein Sohn.«

Das war mehr gehaucht als gesprochen. Er war schmal und zerbrechlich und viel jünger als ich, sodass ich sein Vater hätte sein können.

»Öffne die Hände und erblicke die Welt.«

Seine Worte liefen wie ein wispernder Bach im Land der ewigen Wahrheiten. Nun lag alles in meiner Hand. Ich stand auf und sammelte umherliegende Papierseiten auf und legte sie ins Feuer. Er fror, aber keine Flamme in der Welt würde ihn vollends wärmen. Ich blickte zum schattenhaften Koloss einer Maschine auf, ahnend, dass ich schicksalshaft an sie gebunden war. Und nicht nur ich, sondern auch er. Wie absurd das doch schien. Aber die Frage nach Sinn und Unsinn hatte hier wenig Platz. Wer hätte sie auch beantworten wollen?

Vielleicht war die Maschine gar nicht fraglich und auch nicht dieses Paradies, worin die Sonne unterging und es Hunger gab, Feuerzeuge in Hosentaschen steckten und Gebrauchsanweisungen scheinbar endlos brannten. All das war gar nicht so wunderlich, sondern ich selbst war fragwürdig. Ja! Nicht ich hinterfragte die Maschine und ihre schiere Sinnlosigkeit in dieser elysischen Einöde. Nein! Sie stellte mich in Frage, so als hätte ich mich vor ihr zu rechtfertigen oder zu beweisen.

»Ich träume«, sprach ich leise zu mir.

Ich stand auf und blickte mich um. Der kleine Klaus schaute mager drein in dem Land, wo nichts wirklich, aber alles wahr war. Auch diese Maschine war erträumt. Und doch: Sie würde immer da stehen – grundlos und fragend, mit einer Hand im Spiel.

XVIII

Mein Vater und ich hätten in derselben Straße wohnen können, aber nie und nimmer in derselben Welt. Nichts war ihm fragwürdig, geschweige denn absurd, sondern bestenfalls funktionsunfähig. Nie im Leben würde er sich verwundern, dass es überhaupt eine Welt gab, sondern höchstens darüber, des er gerade keinen Draht zur Hand hatte, wenn es mal wieder puffte und paffte. Waren alle Störungen behoben, erübrigten sich die Fragen.

So war es ihm mit allem. Der Schraubschlüssel war die nahtlose Verlängerung seines Armes, solange der Kreuzer nicht stumpf war. Das Universum war ihm ein surrender Motor, dem er wie einem Schlaflied lauschte, bis er ins Stottern geriet. Klappern gehörte halt zum Handwerk. Auf meine Art beneidete ich ihn für diese Kindlichkeit.

Ich hingegen verzweifelte daran, dass es überhaupt eine Welt gab, wenn es doch so viel sinnvoller gewesen wäre, dass es keine gegeben hätte. Auf die Frage nach dem Warum durften wir zwischen zwei Zaubertricks wählen: Entweder hatte ein Gott die Welt aus dem Nichts geschaffen oder das Nichts war zu Millionen Galaxien explodiert. Beides war Hokuspokus.

Ich stellte mir vor, wie Gott am siebten Tag der Schöpfung eine Maschine in den Garten Eden geschoben hatte, die unter Apfelbäumen und sprechenden Schlangen qualmte und schnaubte. Mein Vater als erster Adam hätte die Apfelbäume ignoriert und die Schlange überhört und wäre stattdessen dem Bann von Dampf und Puffen verfallen. Ich hingegen als erster Mensch hätte voll schmerzlicher Verwunderung das Paradies und eine keuchende Maschine in keinen sinnstiftenden Zusammenhang gebracht. Eher noch hätte ich flüsternde Schlangen akzeptieren können. Aber auch sie waren überflüssig, so auch die Maschine, die Apfelbäume und die ganze Welt.

XIX

Ich warf noch ein paar Seiten ins Feuer: 481, 482, 483, 484, 485, 486, 487, 488. Dann pflückte ich noch einige rohe Birnen, wärmte sie im Feuer und reichte sie ihm.

»Gehst du?«, fragte er.

»Ich werde die Maschine reparieren. Noch irgendwelche Tipps?«

»Halt die Hände auf.«

Er scherzte. Die Augen offen zu halten, brachte in der Dunkelheit nichts. Ich schenkte ihm ein Lächeln und kehrte mich ab. Alles lag nun in meiner Hand. Beim Aufstieg stieß ich mir das Knie. Das würde ein großer blauer Fleck werden. Das Geländer war kalt und vibrierte wie bei einem Husten. Ich tastete mich die Stufen hinauf. Alles war schwarz wie in einem Tintenfass. Nur dort hinten leuchtete das Lagerfeuer mit dem schattenhaften Klaus daneben.

Ich öffnete den Deckel, der in das Innere führte. Es stank nach etwas Verkohltem. Rauch stieg mir in die Lunge. Ich hatte Schweißperlen auf der Stirn. Ich schloss die Augen. Es war ohnehin so dunkel, dass man die Hand vor Augen nicht sehen konnte.

Ich legte meine Hand gegen das gewaltige Gehäuse. Die Vibrationen gingen mir in den Körper über. Fünf Millionen Härchen standen zu Berge und vibrierten im Einklang mit dem keuchenden Koloss. Ich stieg tiefer hinein ins Dunkle, ins Urgemachte. Ich spürte klar und deutlich das Drehen und Kreisen des Motors. Hier wurden Kräfte geboren und übertragen. Ich kniete mich auf den Eisenboden und tappte mich Stück für Stück voran. Vor meinen Fingern entwarf sich der Raum, nicht etwa zu einem abgeschlossenen wie etwa ein Zimmer, sondern wie das Universum so weit. Die Haut hatte Augen, und jedes Härchen war eine Antenne, die in oben und unten, rechts und links schied, während im Innenraum alles wackelte.

XX

»Wirst du mir die Kündigung schreiben?«, fragte er mich zum fünften Mal.

Ich bejahte seine Frage. Meine Geduld neigte sich ihrem Ende, und meine Silben kamen mir nur noch gedrungen über die Lippen. Seine Fragerei stieß mir gallenartig auf. Er wollte den Telefonanbieter wechseln und musste dies schriftlich fixieren. Dafür gab es Standardphrasen: »*Sehr geehrte Damen und Herren, hiermit kündige ich…*« Zugegeben: Das war stilistisch unansehnlich, aber durchaus zweckmäßig. Wenn er sich beim Schreiben probierte, verschachtelte er seine Sätze zu gigantischen Gerundien, sodass selbst ein wohlwollender Leser sich daran verschluckte. Mit einfachen Nebensätzen ließ sich so viel mehr Klarheit schaffen; sie würden einem nicht schief im Hals hängen bleiben.

Dort draußen schleuderte der heftige Herbstwind weiter das Laub umher und erweckte das Urerlebnis, das zwischen uns beiden stand. Noch immer schrie es in mir: »Ich bin nicht faul!«

Ich hatte mein Buch im Bett geschrieben und am Schreibtisch mit der Maschine aufs Papier gehämmert. Er hatte keinen blassen Schimmer vom Arbeitsaufwand, der damit verbunden war. Es war kein Handwerk, aber von Hand gemacht. Zwar ohne einen Tropfen Schweiß, und doch nicht weniger anstrengend. Es war ihm wertlos, weil dabei keine Späne fielen. Das einzige Klappern war das der Schreibmaschine. Was auch immer ich tat, es war ihm nutzlos und ein Haschen nach dem Wind.

Familienzugehörigkeit war zufällig wie das Öffnen eines Telefonbuches, aber schicksalshaft wie das biblische Buch der Offenbarung. Vater und Sohn waren vereint und verfeindet in dem Geheimnis, dass im Elternhaus die erste Liebe und der erste Hass begannen. Im Sprechen und Schweigen entfesselten wir daheim Urkräfte, und niemand wusste, sie wieder einzufangen. Die Verkettungen von Ursache und Wirkung schienen undurchdringlich. Und ich tastete mich blind von Satz zu Satz und verstand doch nichts.

XXI

Ich überraschte mich selbst, als ich ein Jauchzen ausstieß, dem meines Vaters ähnlich.

Stunden hatte ich in der Höhle verbracht. Vielleicht sogar Tage. Im Traum war die Zeit entweder unendlich lang oder verschwindend kurz. Schließlich verstand ich den Motor. Jeder mit gesundem Händeverstand hätte seine Kräfte nachvollziehen können, von der Spule dort drüben über die Kolben hin zum Zahngetriebe. Siebenmal hatte ich mir fürchterlich die Finger gequetscht und siebzigmal die Haut verbrannt. Multipliziert vierhundertneunzigmal. Irgendwann hört man auf zu zählen und macht einfach weiter.

Ein paar Seiten der Gebrauchsanweisung waren durch den Lüftungsschacht ins Innere gelangt, als Klaus das zerfledderte Buch in die Luft geworfen hatte. Eine Seite hatte sich im Zahnrad verklemmt. Der Motor hatte sich daran verschluckt und lief dann mit einem Schluckauf. Es war gar nicht leicht, die Seiten aus der Verzahnung zu zupfen. Sie hatten festgesteckt. Ich mühte mich wieder und wieder, bis es mir letztlich gelang. Das Schicksal lag nun wieder in meiner Hand.

Ich trat aus der eisernen Höhle und begegnete blinzelnd dem Sonnenaufgang. Zu meinem Erstaunen war alles in Farbe und nicht länger schwarzweiß. Ich stieg hinab zu Klaus.

»Sie läuft wieder rund.« Er lächelte.

»Das tut sie.« Es war ein erhabenes Gefühl.

»Komisch, nicht wahr?«, sagte er.

»Überhaupt nicht.«

Ich nahm das zerfetzte Blatt aus der Hosentasche, das die Maschine zum Stottern gebracht hatte: Seite 490. Ich warf es ins Feuer, das nun den Rest des Handbuchs verschlang.

»Du hast es auch ohne Anleitung geschafft«, sagte er.

»Die Hände haben gereicht.«

Ich atmete tief ein, bevor die Sonne vollends über den Horizont trat. Vor mir erstrahlten die Felder, Wiesen und Wälder, und das Lagerfeuer erlosch.

»Schön, nicht?«, sagte er.

Ich nickte und flüsterte:»Es macht einen Sinn.«

»Heißt es nicht: Es ergibt einen Sinn?«

»Dieses Mal macht das Ding einen Sinn.«

XXII

Wir waren unsere Urerlebnisse. Daran führte kein Weg vorbei. Er hatte nie aufgehört, von Birnenbaum zu Birnenbaum zu laufen, auf der Such nach rohen Früchten. Etwas in ihm war nie älter geworden als der kleine Klaus mit den schwarzen Locken, der über matschige Felder stampfte mit einem Urhunger, den er nie verdaut hatte.

Ich kniete mich neben ihm nieder, krempelte meine Ärmel hoch und legte Hand an. Erst wollte er nicht, aber ich bestand darauf. Mit kräftigen Stößen bohrte ich tief in die Fäkalienbrühe. Es stank. Es zischte. Es war eine gute Arbeit. Er beobachtete mich. Und ich war nicht länger der große Linkische, der zu verkopft war, um eine Verstopfung zu beseitigen.

Ich war seinen Händen und meinen Gedanken gefolgt und dabei in den Strudel der zwischenmenschlichen Kräfte geraten: Vater und Sohn schicksalshaft verbunden. Zum ersten Mal wusste ich, das Werkzeug zu ergreifen, das er mir hatte darreichen wollen.

»Wirst du mir die Kündigung schreiben?«, fragte er zum sechsten Mal.

Mein Frust war verebbt. Ich nickte und sagte, dass ich ihm seine Kündigung im Handumdrehen schreiben würde. Dann wiederholte ich den ganzen Satz zur Sicherheit. Er brauchte sich um nichts zu kümmern. Ich würde alles für ihn erledigen. Eine Hand wusch die andere.

Er lächelte kindlich und war dabei jung und liebenswert. Worte gingen ihm nie einfach von der Hand.

»Siehst du, wir kommen durch«, sprach er. »Das Wasser läuft langsam ab.«

Unerwartet geschah es: Ich ertastete das große Bild. Dort stand es, zwar nicht vor mir, aber in mir, weder ausgesprochen noch verstanden, aber gefühlt. Jedes einzelne meiner fünf Millionen Härchen stand elektrisiert zu Berge. Dankbarkeit ergriff mich, kniend neben ihm, den halben Arm versunken im Unrat. Ich hielt den Draht, womit sich vermutlich die halbe Welt reparieren ließ. Ich konnte es so wenig erklären wie mein Vater. Worte waren mangelhaft, Hände hingegen verlässlich. Ich lachte so laut, dass der Hall von den Wänden auf mich herniederregnete. In meiner Hand hielt ich den Schrauben-schlüssel zur Welt. Auch er lachte.

»Beim nächsten Mal weißt du, wie man das allein macht.«

Ich empfing nickend sein Vermächtnis. Die Spülung wusch den Unrat fort. Es war gut, wenn alles wieder funktionierte. Ich wusch mir die Hände und schrieb ihm seine Kündigung. Er blickte dankbar, als er den Brief in seinen Händen hielt. Vielleicht ahnte er, dass das Schreiben sein eigenes Handwerk war.

In der Bibel stand die Frage, wie oft man dem anderen vergeben solle. Waren siebenmal ausreichen? Die Antwort lautete siebenmal siebzigmal. Das ergab vierhundertneunzig, jene mysteriöse Zahl, die allen Beziehungen innenwohnte.

»Ich rufe deine Mutter an. Ich werde ihr sagen, dass die Verstop-fung beseitigt ist.«

SINNMASCHINEN

In der Grammatik des Krieges war der Frieden der wacklige Konjunktiv.

»Einen Kaffee, bitte«, sagte der Mann im mittleren Alter beim Eintreten ins Café. Der Geruch von Bohnen ergoss sich dickflüssig in die krosse Morgenluft. Die junge Kellnerin – schwarze Hose, weiße Bluse, bordeauxrote Schürze, runde Schenkel, die gegen die Nähte pressten – nickte dem vertrauten Herrn zu und deutete einen Knicks an. Im morgendlichen Tanz der Sonne erleuchtete ihr brünettes Haar mit einem Glitzern. Die Kaffeemaschine verbreitete ein lullendes Brummen, während er sich einen Platz aussuchte. Neben einem runden Marmortisch ließ er sich in einen bequemen Sessel nieder, der das zähe Aroma von Leder verbreitete. Einige Wände waren wie in Weinfarbe getunkt und strahlten Ruhe aus.

Fünf Minuten nachdem die Kellnerin den Kaffee serviert hatte, trat seine Frau zur Tür herein, lachte dem jungen Mädchen zu und gab ihre Bestellung auf. Sie schenkte ihm ein Lächeln, zwar etwas schräg, aber gut gemeint. Sie legte ihre Handtasche und einen Stapel Zeitungen ordentlich auf den Stuhl neben ihm. Sie hatte wie immer den Umweg beim Kiosk gemacht, während er allein am Fluss entlanggegangen war. Hinterm Tresen dröhnte das malmende Grunzen der Maschine, die in Stakkato die schwarze Flüssigkeit hervorpumpte. Die Frau zog ihre Jacke aus und hängte sie über die Lehne.

Die ersten Tage des Frühlings waren noch winterlich frisch. Seine Lippen wellten sich, als hätte er zurückgelächelt, als hätte er mit ihr zusammengelächelt. Frieden war die Ellipse der Anklage.

Apollinaire, der schlanke, stolze Franzose mit dem forschen, extravaganten Gang und dem vielen Gel in seinen schwarzen Locken, führt das Café seit zehn Jahren. Für das Ehepaar hatte es sich von einem Stelldichein zum Refugium gewandelt. Die farbliche Atmosphäre und der Bohnengeruch betäubten das hitzige Gemüt. Hier galt eine andere Wortwahl. Waffenruhe war bereits ein Stück Frieden.

Die Plätze waren nur spärlich besetzt. Ungestört konnte das Paar die Zeitungen sichten und zwei oder drei Becher Kaffee trinken, bevor sie sich wieder auf den Weg nach Hause machten. So konnte eine Stunde vergehen oder auch zwei. Manchmal bestellte er ein Brötchen und sie ein Croissant. Sie kamen jeden Sonntagmorgen hierher, ganz gleich, was am Vorabend geschehen war. Es war ein Ritual, nahezu religiös. Auch Kirchengänger besuchten als Ehepaar den Gottesdienst, selbst wenn sie sich zuvor gestritten hatten.

Keiner von beiden wagte es, den heiligen Frieden zu stören. Wie Kriegsparteien im Grabenkrieg ließen beide Seiten die Waffen an Weihnachten schweigen. Apollinaires Café war eine Art Heiligabend. Frieden war selten die Abwesenheit von Leid, eher seine ebenmäßige Erträglichkeit. Es grenzte an ein Wunder, dass es ihre Ehe noch gab. Zeit hatte wenig mit wachsender Zutraulichkeit zu tun, als vielmehr mit einem schwellenden Wissen um schlummernde Fratzen in den Brunnen der eigenen Seele.

»Möchtest du?«, hauchte sie.

Sie reichte ihm eine Zeitung. Hier herrschte das Flüstern, weit entfernt von schrillen Stimmen. Er nickte. Im Hintergrund schnurrte die Maschine eintönig für eine lange Weile. Es gab einen stillen Vertrag zwischen ihnen mit Klauseln, ausgehämmert in vielen Jahren des Schweigens. Frieden war die Konjugation unserer Schwächen.

»Wie war es im Wunderland?«, fragte sie leise.

»Nicht schlecht.«

Hamburg beherbergte die größte Miniatureisenbahn der Welt auf 1.500 qm, mit mehr als 250.000 Figuren und 1.000 Zügen, die über 16 Kilometer Gleislänge fuhren.

»Wie geht es Onkel Pallas?«

»Mein Oheim ist alt geworden. Aber im Herzen ist er immer noch zehn.«

Ein lautloses Lachen lief über ihre gebogenen Lippen. Er liebte das an ihr. Sie bezeichnete Pallas als seinen Onkel, und er korrigierte sie stets, dass er sein Oheim sei. Wo war der Unterschied? Im Duden des Krieges war die Denotation die Waffe der Moderne. Sie angelte sich eine Zeitung. Fältchen umspielten ihre Augen. Das war ihm vertraut. Das Dahinter entzog sich ihm. Zeit machte uns vertrauter, ohne uns näher zu bringen. Jahre waren Holzwürmer, sogenannte Ehefresser. Seine Frau war ihm nie begreiflicher geworden. Stattdessen war das Vokabular der Entfernungen ins Unermessliche gewuchert. Darin fanden sich Wörter für die zahlreichen Stimmen der Stille, die Farben der Ferne und die Motive des Mangels. Sie alle flüsterten von der Anwesenheit ihrer Abwesenheit. Zwei Dekaden lang verheiratet, aber das Zeichenspiel um ihren Mundwinkel wollte sich ihm nicht erschließen. Zwischen ihnen wehte der fragile Frieden eines Waffenstillstands.

»Wie geht es seiner Gesundheit?«, fragte sie.

»Wackelig, aber das tut seiner Leidenschaft für Lokomotiven keinen Abbruch.« Er nahm einen Schluck Kaffee. »Habe ich dir eigentlich erzählt, dass ich als Kind auch eine Eisenbahn hatte?«

»Du eine Modelleisenbahn? Warum hast du nichts davon erwähnt?«

»Ich habe damals schnell das Interesse verloren.«

Er schlürfte nachdenklich von seinem Becher mit dem Blick zu einer Zeit vor dieser Zeit.

»Wie kommt?«

»Es ist ein sinnloser Zeitvertreib. Man dreht sich im Kreis. Der Zug verlässt den Bahnhof und kommt wieder. Man kommt nie an, nur zurück.«

»Ich sehe, du warst als Kind nicht anders als heute. Immer dieselbe Abscheu vor Wiederholungen.«

Sie lachte. Dieses Mal hörbar. Das erste Mal seit Wochen. Er hob die Schultern. Frieden war das Gleichgewicht der Bedingungssätze.

35

»Es ist ein Sisyphos-Hobby. Man rollt einen Felsen am besten nur einmal im Leben den Berg hoch. Danach sollte Schluss sein.«

Sie wusste, was er meinte, und zwar nicht die Modeleisenbahn. Seine Aussprüche kamen oft im Doppelklang und im Gewand von Anspielungen.

»Langweilst du dich nicht mit ihm im Wunderland?«

»Schon.«

Als er noch ein Kind gewesen war, hatte sein Oheim eine Modelllandschaft für eine Eisenbahn im Wohnzimmer aufgebaut. Der skurrile Single hatte seine Besucher in der Küche empfangen und sich nicht an ihren Bemerkungen gestoßen. Pallas war ein Phänomen! Sein Versicherungsheini hatte ihm damals dringlich geraten, die Versicherungssumme anzuheben, weil das Spielzeug bestimmt einen Wert von 40.000 D-Mark gehabt hatte. Er hatte jede einzelne Lok fotografieren und dokumentieren sollen, damit er bei einem Feuer alles hätte nachweisen können. Ja, hätte er. Doch Pallas war viel zu sehr Kind geblieben. Auch heute noch.

Sein Oheim hatte ihn, seinen einzigen Neffen, mit dieser Leidenschaft infizieren wollen. Ohne Erfolg. Die Modelleisenbahn war ihm nie mehr als ein sinnloser Kreislauf. Ein Kommen und Gehen ohne Ankunft. Es machte auch keinen Unterschied, dass man die Schienen über das gesamte Wohnzimmer ausbaute. Ein Kreislauf blieb ein Kreislauf, ob groß oder klein. Trotzdem hatte Pallas nie aufgegeben, seinen Neffen in seine Miniaturwelt zu locken. Er musste zugeben, dass das Lachen seines Oheims beim Bestaunen von Lokomotiven verführerisch ansteckend war. Dem alten Herrn war jede Zugfahrt neu wie das erste Mal. Seinem Neffen aber wollten sich Kreisbewegungen nicht als Sinn erschließen.

»Ich kann mit Wiederholungen nichts anfangen«, sagte er.

»Es ist trotzdem nett von dir, dass du ihn alle sechs Monate zum Wunderland begleitest.« Sie wäre nie mitgegangen. Das hätte sie sich nicht angetan. »Wie hat der Alte bloß dieses Hobby gefunden?«

Er hob den Kopf über den Zeitungsrand. Ihre Frage hatte etwas in ihm angestoßen. »Das habe ich ihn auch gefragt.«

»Und?«

»Sonderbar. Sehr sonderbar. Er sagte mir, dass nicht er die Lokomotive gefunden hätte, sondern *sie* ihn.«

»Das ist ja putzig.«

Er nickte müde. Die vergangene Nacht war laut und kurz gewesen. »Vielleicht mehr als das.«

»Musst du nicht auf Toilette?«, fragte sie fürsorglich.

»Es geht noch.«

Seine Blicke kreisten zwischen den leeren Tischen und stießen in einen rundgeformten Herrn, der sein Croissant in einen Kaffeebecher und seine Blicke in einen surrenden Laptop getunkt hatte, versunken in einer seligen Ruhe zwischen murrenden Maschinen. Er selbst wollte raus. Er wollte schreien. Frieden war das Alphabet der Diplomatie.

»Schau«, sagte sie, »dieser Artikel handelt von Sigmund Freud.«

»Freud war ein Scharlatan.«

Seine Silben kamen kurz und scharf. Sie schluckte einmal trocken, sodass er den Schatten ihres Kehlkopfs hoch- und runterspringen sah. Er konnte direkt sein. Ihre Fingernägel gruben sich ins Leder der Lehne. Sie ignorierte seinen Ton, um den wackligen Frieden nicht zu gefährden.

Apollinaire rettete die beiden vor der Kettenreaktion der Eskalation. Er kam aus der Küche. Er ging nie. Er schritt, er marschierte, er flanierte. »Gehen« wäre der falsche Begriff gewesen. Er stellte eine Vase mit einer Rose auf den Marmortisch. Er sagte etwas auf Französisch. Sein Minenspiel waren eine maßlose Übertreibung und seine Manieren künstlich wie Plastik. Er hatte einen weißen Fleck auf der schwarzen Weste wie von Zahnpasta. Er kreiselte auf der Ferse herum und kehrte elegant und elitär mit breiten Schultern zurück hinter den Tresen.

»Weißt du, was ich an dir mag?«, fragte sie. »Du würdest mir nie Blumen kaufen.«

Im Mund einer anderen Frau wäre dies schierer Zynismus gewesen, in ihrem aber war es eiskalte Ehrlichkeit. Gespräche mit ihm waren stets so, als würden ihre sanften Finger über eine kantige Maschine streicheln. Auch das mochte sie an ihm, auch wenn es unerträglich war. Sie liebte Blumen und verachtete das Romantische. Er würde sie nie mit einer kitschigen Geste in Verlegenheit bringen.

Ihre Blicke glitten hinab in den Zeitungsartikel, und seine streichelten über die Baldrianfarben der Wände. Sie trug ihre großen kreisrunde Ohrringe. So hatte er sie kennengelernt. Frieden war keine Definition, sondern ein Topos.

Die Zeit raffte sich an diesem Ort. Zwanzig Jahre! Er vermisste seine Frau mehr, als dass er sie gefunden hätte. Er liebkoste sie mit seinen Augen, und seine Lippen lasen aus dem Thesaurus der großen Entfernungen. Wir alle waren verborgene und verstaubte Bücher, versiegelt mit Unleserlichkeit, aber Geschichten allemal. Seine war eine aus Liebe, Leidenschaft und Krieg.

»Schau nur! Der Journalist hat deinen Lieblingsfehler gemacht. Er schreibt: Anfang *diesen Jahres* einigte sich die Koalition darauf, dass... Und so weiter.«

Trunken an den tiefen Bordeauxfarben deutete er eine Kopfbewegung der Gleichgültigkeit an. Die Tyrannei steckte in Winzigkeiten, und er wollte sich von ihr freisprechen. Frieden war die Hypostase des Schweigens.

»Sonderbar«, sagte sie, »normalerweise lässt du keinen geschundenen Genitiv unverteidigt. Stimmt etwas nicht mit dir?«

Er schämte sich und wollte schreien, aber nicht an diesem geheiligten Ort. Innerlich war er wie gestolpert und ruderte ums Gleichgewicht. Zur Peinlichkeit gesellte sich die Pein. In seinem Magen ruckte es, und seine Eingeweide lagen mariniert in Zitronensaft. Alles unwesentlich! Bedeutungslosigkeit schleuderte sich ihm entgegen wie gegen eine Stellung. Sein Leben lang hatte er sich an Inanität festgebissen. *Inanität* – welch ein Wort! In dreißig Jahren war es ihm nicht in einem einzigen Text begegnet. Es gehörte in die Tonne der Bildungssprache, denn genau das meinte der Begriff: Belanglosigkeit. Die aufschäumende Scham löste einen starken Harndrang aus. Seine Blase war übervoll.

»Alles gut?«, fragte die.

Ihre Stirn hoben sich über den Zeitungsrand wie ein Seismograph für Kleinstbeben. Er nickte. Gelogen! Die Kluft klaffte überall. Da waren Löcher im Holz, und das Gebälk der Ehe ächzte. Zerfressen vom Lauf der Zeit.

»Musst du nicht doch?«

Er schüttelte den Kopf. Frieden war das Gerundium der Freundlichkeiten.

»Wusstest du eigentlich, dass Wasser nicht nass ist?«

Seine Frage kam wie aus dem Nichts, zusammenhangslos und ziellos.

»Überhaupt nicht. Wie kommst du darauf?«

»Wenn wir unter der Dusche stehen, dann meinen wir, unser Körper werde nass. Aber unter dem Mikroskop betrachtet besitzt Wasser nicht das Attribut nass.«

»Das ist superspannend. Aber woher kommen dieser Gedanke?«

»Es ist wie mit jeder Veränderung. Sie ist auf der Oberfläche, aber auf molekularer Ebene bleibt alles gleich. Weißt du?«

Tat sie nicht.

»Ich frage mich, ob es Veränderung wirklich gibt.«

»Wieso sollte es sie nicht geben?«

»Vielleicht mit bloßem Auge, aber nicht unter einem Mikroskop.«

»Ich verstehe die Zusammenhänge nicht.«

»Und ich…« Er holte tief Luft. »…kann es nicht erklären.«

Da war ein Schall mit leerem Hall. Sprechen macht nicht vertrauter, nur beredter. Ihr schiefes Lächeln hatte etwas Linderndes. Sie reichte ihm die Zeitung.

»Du solltest den Artikel über Freud lesen. Er wird dich interessieren.«

Er nahm das Blatt entgegen.

»Warum meinst du, dass Freud ein Scharlatan war?«

Ihre Frage kam verspätet.

»Ich glaube nicht, dass Gespräche heilen. Ich weiß, dass sie es nicht tun. Freud hat seinen Patienten Heilungen verkauft, wo keine zu finden war.«

Das Heil fand sich nicht im Gerede, sondern im Aufstand. Frieden war der Komparativ der Kräfte.

»Aber er war genial, oder etwa nicht?«

»Das steht außer Frage. Aber ein Genie und ein Heiler sind zwei verschiedene Personen. Freud war das eine, aber nicht das andere.«

»Verstehe.«

Beim Lesen fiel ihr das Haar wie ein Vorhang vors Gesicht. Sie hatte es halblang schneiden lassen wie damals, als sie sich kennengelernt hatten. Das Licht warf sich in Schatten über ihre Haut und verwischte die Spuren der Zeit. Er blätterte, bis er die gesuchte Überschrift fand: *Sigmund Freuds Mensch als Wunschmaschine*. Er tauchte hinab in die Zeilen. Seinen Gedanken bestürmten ihn wie Eindringlinge. Der Mensch war ein Wünschender, dem nichts zu hoch oder zu niedrig war, als dass er es sich nicht hätte haben wollen.

Er las den folgenden Satz einmal, zweimal, dreimal:»Der Mensch war nicht wunschlos glücklich, aber glücklich wünschend.« Vor seinem inneren Auge tanzte sein Oheim mit kindischer Leidenschaft vor einer Lokomotive, die puffte, qualmte und tutete. Der Mensch war eine Maschine! Wir dampften mit Verlangen, und nichts konnte uns in Schranken weisen. Wir füllten den leeren Äther mit Wünschen und Wollen. Selbst vor dem unendlichen Nichts machten wir nicht Halt. Wie Maschinen pusteten wir Sinn um Sinn in den Äther, bauten darauf Burgen, Paläste und ganze Reiche. Mit Worten und Schweigen erschufen wir gewaltige Bauten, die kein Bulldozer niederreißen konnte. Und hinter unserer Stirn barsten die Wände vor Bedeutung. *Sinn! Sinn! Sinn!* So pochte es in seinem Kopf, und in der Wüste, wo Gedanken verdursteten, sproß eine Oase. Seine Blicke verfingen sich in ihren Augen. Sie spürte bestimmt die seismischen Veränderungen in seinen Zügen. Frieden war der Superlativ der Distanz.

»Was?«, fragte sie, und es klang wie ein:»Wer bist du?«

Etwas Andersartiges war in ihn eingefallen. Eine Idee hatte sein verriegeltes Innere gesprengt, sodass sich die Oberfläche seiner Erscheinung wölbte. Er stand auf. Die Vertrautheit seiner Bewegungsabläufe war fort. Das Bekannte blieb aus. Sie erwartete, dass er zur Toilette gehen würde, doch das tat er nicht. Er war sich selbst ein Fremder geworden, der gegen sein Spiegelbild rebellierte. Er wollte ein anderer sein! Er nahm die Blume aus der Vase und pflückte die blutroten Blätter einzeln und sammelte sie in seiner Handfläche. Er ging vor ihr auf die Knie und fesselte ihre Augen mit den seinen.

»Zwanzig Jahre«, sagte er.

Sie blickte gebannt auf diesen Mann da wie auf einen Fremden. *Zwanzig Jahre.* Vor fünf Minuten hätte das in seinem Mund wie die Wiederkehr des ewig Selben geklungen, nun aber wie das immer Neue. Sein Herz war Kolbenschlag und Motorenkrach. Und sie spürte es. Mit der Rage einer Maschine rebellierte er gegen die

Sinnlosigkeit, die in jedem Detail steckte wie ein Holzwurm. *Krieg dem Frieden!*

Die Kellnerin war zur Steinsäule erstarrt. Sie balancierte zwei Tassen Kaffee auf ihrem Tablett und wartete auf den nächsten Moment, der sich zur Explosion ballte. Apollinaire hinter dem Tresen hielt den Atem an bei diesem Anblick von Liebe und Leidenschaft. Doch der Franzose irrte sich und würde auch nie erfassen, was sich gerade zum ersten und letzten Mal in seinem Café zutrug.

Der Ehemann sprach den Namen seiner Frau und blies die Rosenblätter in einem Wirbel um sie herum. Sie fielen wie ein sanfter Regen auf ihre Wangen und verfingen sich in ihrem Haar. Im Kolbenspiel von Druck und Widerdruck erwuchsen neue Welten zwischen den beiden. Keiner wusste, was geschah. Keiner wusste, wie ihnen geschah. Die Kellnerin bestaunte mit offenem Mund etwas nie Dagewesenes.

Vergangene Dekaden verzurrten sich mit fallenden Blütenblättern. Ihr Name in seinem Mund war neu geboren und verschmolz zum unauflöslichen Sinn, den nur er wispern und den nur sie vernehmen konnte. Vor ihr erstreckten sie Jahre, in denen sie versuchen sollte, seinen Tonfall im Gedanken nachzuzeichnen wie ein Geheimnis. Zwischen schwirrenden Blütenblättern erkannte sie sich selbst nicht mehr, aber sie erkannte ihn wieder. Dieser Mann da, so fremd und anders, erhob sich, legte einen Geldschein auf den Marmortisch und nahm diese Frau da bei der Hand. Und sie folgte dem Fremden, der oder den die Sinnmaschine gefunden hatte.

Apollinaire blickte ihnen nach, und im Hintergrund vibrierte die Maschine durchs Café.

DIE GROSSE STILLE

Lärm spricht mit einer Zunge. Die Stille hingegen kennt tausend Sprachen,
und wir, ihre Kinder, sind Dolmetscher des Ungesagten.

ELISABETH

Oma Beule, die Einsame, war nun tot. Ich hielt ihre kalte Hand, reglos wie an einem Bahnsteig stehend, Abschied winkend, während Dampf und Maschinenhall mich mit einer dunklen Stille umgaben, wo niemand sprach – weder jemals noch irgendwann. Wir hatten Elisabeth zu Oma Beule umgetauft, und sie hatte zärtlich gelächelt. Sie wurde 98 Jahre alt und überlebte ihre Tochter, meine Mutter, um beinahe eine Dekade. Jetzt erst war ich ein Waisenkind, und nicht etwa seit Vaters fatalem Herzinfarkt und Mutters eigenwilligem Ableben. Mit Omas Abschied zerriss das letzte Band zu damals. Meine beiden Geschwister und ich blieben allein zurück.

In meiner Hand hielt ich das Diktiergerät fest umschlungen wie ein Fernrohr mit dem Blick in große Weiten. Ich verweilte bei der Toten, schweigend und von Eile befreit, gehüllt im Ungesagten.

Schließlich schlafwandelte ich zum Telefon und rief Jörg, meinen älteren Bruder, an.

»Sie ist eingeschlafen«, sagte ich. Das und nicht mehr. Er antwortete mit zwei Sätzen:»Das ist gut. Dann hat sie es auch geschafft.«

»Absolut.«

Das Wort war mehr ausgeatmet als gesprochen. Ich bat ihn, unsere Schwester zu informieren, verabschiedete mich und glitt aus dem Telefonat. Andere Geschwister hätten unter Tränen und lächelnden Auges Anekdoten geteilt. Ich hatte von Omas Brunnen in der Heimat sprechen wollen. Von der quietschenden Kurbel und dem kalten Wasser. Nichts hatte sie uns so beschrieben wie ihn. Er stand steinern konkret in einem Schattenreich. Aber mit meinem Bruder ging das nicht. Als Mutter gestorben war, hatten wir auch nicht geweint. Es mangelte uns an dieser Fähigkeit. Unsere Schwester wusste zwar zu weinen, allerdings immer im falschen Moment. Wir drei verstanden einander gut, solange wir nicht miteinander sprachen. Das war die meiste Zeit.

Ich drückte das Diktiergerät mit Omas letzten Worten an mich. Ich bewahrte das Wenige, damit es nicht wortlos unterging. Sie hatte gewollt, dass ich ihre Erinnerungsfetzen zum fließenden Text goss. Das Gesagte war teilweise schlecht zu entziffern, und ihre Stimme bebte zerbrechlich auf dem Band. Aus ihren zitternden Blicken klaubte ich mir das Fehlende zusammen, um die Lücken zu füllen. Ihre Geschichte besaß wenig Objektives. Es war eine Verkettung von Exklamationen. Laute Schreie unter schwachem Flüstern.

BRUDER

Jörg war meinen Eltern ein Held. Der Stille. Der Schweigsame mit wiederkehrenden Wutausbrüchen. Der Hütter des Nichtgesagten. Vater verabscheute meine Fragerei und ich seine Stille, das Ungeheuer. Mein Bruder war sein Stolz, mehr Soldat als Sohn. Kein

Geheimnis brannte so stark, als dass es ihm je über die Lippen gekommen wäre, in keiner Welt und keinem Krieg. Er redete nicht, auch dann nicht, als er von drei Jungen verprügelt worden war. Er hatte nichts gesagt, nicht einmal zu sich selbst.

»Ich habe meine Klappe zu weit geöffnet und dafür auf die Klappe bekommen.«

Mehr hatte er nicht gesagt. Keine polizeiliche Anzeige, nur ein fehlender Zahn. Schluss aus!

Daheim hatte ein Orwellsches »Nichtsprech« geherrscht. Paraphrasendrescherei. Zahnlose Unverfänglichkeit. Meine Mutter hatte es durch die Zähne gezischt, scharf schneidend. Jörg hatte alles auf zwei Sätze reduziert, die alles und nichts offenbart hatten. Ungeahnt war uns etwas Übermächtiges erwachsen, das unaussprechlich auf der Zunge lag. Er hatte Vater und Mutter stets in Schutz genommen, weil sie nun einmal so waren und weil alles halt so war, wie es war, und zwar unveränderlich. Womöglich hatte er sogar nicht Unrecht gehabt. Doch das war kein hinreichender Grund gewesen, um über alles schweigen zu dürfen. Man konnte doch reden, auch wenn sich nichts geändert hätte. Es wäre gut gewesen.

Jörg war allein geblieben. Er war in den goldenen 70ern aufgewachsen, als der Einfühlsame den Eisernen verdrängte. Die alten Rollen waren vertauscht gewesen, und er war ein Ladenhüter. Er war ein stiller Mönch, dem sein Gelübde die Wahrheit war. Er glich einem Shaolin in einem schlechten Film, der als der Letzte seines Ordens die klösterliche Geheimlehre bis zum letzten Atemzug verteidigte und nach einem Gemetzel dahinschied. Die Krux: Die geheime Schriftrolle war leer und der blutüberströmte Mönch erkannte, dass er selbst das Geheimnis war. Genau das war Jörgs Lebensgeschichte: heroischer Kitsch. Er war 12 Jahre älter und mir eher Onkel als Bruder. Er hatte bis sechsunddreißig zu Hause gelebt. Erst nach Vaters Tod war er in eine kleine Wohnung gezogen. Mutter auch wegen ihrer niedrigen Rente. Meine Kumpels hatten mich gefragt, ob er nicht schwul sei. Ich wusste es nicht, und er bestimmt auch nicht, weil er alles vor sich selbst totschwieg. Er war wie Vater: Geheimniswächter und Schuldverächter.

Oma Beules Tod kam überraschend, als hätte man das bei einer fast Hundertjährigen nicht vorhergesehen. Die Vorstellung ihrer Abwesenheit hinterließ ein Trümmerfeld. Zu Hause, verwirrt und verloren, verhaspelte ich mich in Grabenkriegen mit meiner Frau, eine unschöne Sache. Sie wollte mich verstehen, und ich konnte mich nicht erklären. Gemeinsam nahmen wir unser Abendbrot ein, sitzend in Minenfeldern. Als Kinder hatten wir uns im Esszimmer durch Mutters explosive Stimmungen und Vaters Trauerschübe laviert. Ein harmloses Lachen hatte Lawinen losgetreten. Wenn Mutter gezischt hatte, dann war alles still gewesen. Bis tief in mich hinein. Heute war das lachhaft, damals aber todernst.

Könnte ich durch die Zeit reisen, so hätte ich uns Tischgespräche verschafft. Mit Vaters Melancholie und Mutters Manie hätte sich irgendwie leben lassen, wenn wir nur geredet hätten. Alles hätte halbwegs in Ordnung sein können, wenn da nicht diese verfluchte Wortleere gewesen wäre. Wir hätten von der Schule berichten können: Jörg von seinem Problem mit dem Dreisatz und Susanne von ihrer Spange und dem Gehänsel. Und ich hätte vom Banalsten erzählt: dem gelben Schal meiner Lehrerin. Details über Details, unwesentlich und winzig, viele, ganz viele, überall verstreut auf der Tischdecke. Schließlich hätten die beiden uns von ihrer Schulzeit berichtet, von damals, von einst, bis sich alle Erzählungen nahtlos zusammengefügt hätten. Ja, ich wollte Tischgespräche! Alles andere hätte unvollkommen und kaputt bleiben können, wenn ich nur das hätte haben können. Dann wäre nicht alles so zusammenhanglos gewesen.

LOCH

Die Stille begann mit einem Geräusch. Irgendwie immer. Davon war ich überzeugt. Für mich war es ein Zischen, wie das eines brennenden Motors oder das verbissener Zähne. Ich wuchs hinein in eine Welt gefüllt mit leerer Stille, die des Nachts in mich hineinflüsterte, ohne dass mich ihr Säuseln je wieder verlassen hätte. Nach dem Echo folgte das Vergessen, hinab ins Bodenlose. Die Jahre machten die Stille eigenkräftig, wortlos mächtig. Sie bedurfte des Urgeräusches nicht mehr, um sich ihren Weg zu bahnen.

Ich legte den Stift nieder. In Dekaden weiter Ferne erblickte ich den Bauern, der Oma Beule mit eiserner Hand in die Scheune stieß.

»Dort hinein!«, hetzte er sie.

»In das Loch?!« Sie sprach abhackt und erschrocken.

»Schnell!«

Er zwängte ihren abgemagerten Körper wider ihren Willen über den Rand. Ihr Hals war ausgetrocknet. Es schmerzte beim Schlucken.

Ich spulte das Band ein Stück zurück und spielte Omas brüchige Sätze erneut ab. Dann nahm ich den Schreiber wie ein Maler seinen Pinsel und transkribierte das Zerborstene.

Versteckt unterm Heu war ein Loch ausgegraben, bedeckt mit Holzplatten. Ohne Licht. Ohne Luft. Er drückte ihr eine Wolldecke in die Hand und ihren Kopf hinunter.

»Sie kommen! So beeile dich doch!«

Am Horizont tobte das Stahlgewitter über den Seelower Höhen. Das Höllenfeuer der Flakgeschütze. Der Tod erntete reichlich, und die Stalinorgeln spielten Deutschlands Requiem.

Ihre Biografie war ungeordnet, von Grünspan überzogen und von Vergesslichkeit verunglimpft. Nur das Gereimte hatte seinen Glanz behalten. Im Zusammenklang fügte sich das Zerstreute zum Refrain. Die vielen Lücken dazwischen überließ sie meiner Feder.

Unten im Loch saß ein dunkelhäutiger Mann mit Augen wie Abgründe. Darin waren das Nichts und die Angst zum kalten Tanz ineinander verschlungen.

Ich spielte die Aufnahme nochmals ab und spähte durch ein Teleskop in eine Zeit ohne Zutritt. Ihr Vermächtnis lag in meinen Fingern, die zaghaft den Stift befühlten. Ich hielt ein Epos in Scherben. Mir oblag es, die tönernen Teile zusammenzufügen – nicht ganz, nur genug, um das Gefäß erahnen zu lassen.

»Sein Name war Jan«, hatte sie mit glasigen Augen gesagt. Das stimmte nicht. Er war Inder gewesen. Sie hatte seinen Namen umgedeutscht.

»Ich heiße Rajendra«, sagte er, als der Bauer die Holzbretter über ihre Köpfe legte und sie dem Erdboden gleich machte.

»Wie?«, fragte sie. Sie hatte solch einen Namen noch nie gehört.

»Rajendra.« Seine Stimme spannte sich mit Furcht und Terror.

»Jandender?«, fragte sie stammelnd nach.

Er kannte das Problem aus der Flakdivision. Die Kammeraden hatten seinen indischen Namen zusammengeschnitten.

»Nenne mich Jan.«

PASTOR

»Kommen sie herein, Herr Pastor«, sagte ich.

Es war ein paar Tage her, als ich den Geistlichen in die Wohnung hereinbat. Oma lag im Schlafzimmer, zu schwach, um das Bett zu verlassen. Ich kümmerte mich um sie, und das professionelle Pflegepersonal übernahm den Rest.

Ich saß in der Ecke und beobachtete die beiden. Ihr Reden war mehr ein Flüstern. Oma Elisabeth lächelte, das große Nichts vor Augen und die Stalinorgel im Ohr, geblendet von Dunkelheit. Ihre Beule warf einen Schatten quer über die Stirn; sie stammte aus Kriegszeiten von damals, als ihr Mann Michael seinem Jähzorn verfallen war.

Es war das letzte Gespräch mit dem Pastor vor ihrem großen Abschied. Beim nächsten Mal würde er nicht mit ihr, sondern über sie sprechen, neben ihrem Sarg stehend.

Vater hatte Oma Beule nicht gemocht. Sie faselte ihm zu viel. Dauernd sprach sie von ihrem Brunnen, der vor ihrem Haus gestanden hatte. Mit einem Blatt Papier und Filzstiften hätte ich ihn fast genau malen können: grau-schwarz mit drei braunen Sandsteinen dazwischen. Damals hatte Oma Beule auch den Klang der Kurbel nachgemacht und auch das Platschen, wenn der Eimer auf das Wasser getroffen war. Vater hatte den Raum verärgert verlassen, wenn sie von damals erzählt hatte.

Der Pastor nahm das Brot Christi aus seinem Köfferchen. Elisabeth war vermutlich die einzige Christin, die ich kannte. Sie hatte sich der Demut und dem Mitleid verschrieben. Dennoch war ich davon überzeugt, dass sie eine Häretikerin war. Was der Pastor sagte und was sie tatsächlich glaubte, fielen nicht zusammen. Als sie den Kopf entkräftet hob, um das Blut Christi in Form von Traubenwein zu empfangen, erblickte ich ihren Brunnen inmitten des Raumes. Er ragte dort wie abgelöst von allem als leeres Zentrum im weiten Universum. Alles strömte aus von diesem Brunnen, und nichts kehrte zurück. Oma nahm und trank den Wein der Eucharistie, und die Kette mit dem eisernen Eimer verschwand in der Tiefe, im Unsichtbaren, im Grundlosen, um gefüllt mit Wasser aufzutauchen, kalt und süß.

Der Pastor betete über sie, und ich durchwanderte ihre Geschichten von damals. Ihr Gerede vom Brunnen hatte Vater es geschimpft. Das erste Mal in all den Jahren ahnte ich, dass sie eine Sprache entwickelt hatte. Ihr Brunnen war so klar vor meinem inneren Auge, nicht weil er wirklich war, er hätte auch erdichtet gewesen sein können. Er war ein Zeichen, ein Deuten, ein Pfeil, der auf sich selbst zeigte. Niemand hatte ihre Zeichensprache verstanden, und Vater hatte sie verachtet.

Das Zimmer bewegte sich im Kreis, während der Pastor für Oma betete und das Kreuz über sie schlug. Auf ihren Lippen war nicht der Wein des Erlösers, sondern Wassertropfen. Man konnte den Brunnen nicht sehen, doch er stand da: unverbunden, losgelöst.

INDER

Oma Beule lag im Sterben. Um sie herum wirbelte langsam und beständig der Abgrund, schwarz, gefüllte Leere, ihr Bett umkreisend.

In den einsamen Stunden an ihrer Seite war es mir entgangen, aber rückblickend, mit meinen Fingern unbeholfen über das Papier humpelnd, sehe ich es auch, sehe es selbst: die große Dunkelheit, klar und hell wie tausend Sonnen im lichtlosen Universum.

Die letzten Wochen war Großmutter noch beweglich genug, um sich zu waschen und um sich etwas Kleines zu kochen. Ihre verbleibenden Tage zählten weniger als die Kugeln an einem Abakus. Irgendwie war das für sie »okay«, wenngleich sie niemals einen Anglizismus verwendet hätte.

Sie verriet mir ihre Geheimnisse. Mutter hätte das nie getan. Von den schlimmen Tagen, wie sie bei uns genannt wurden, sprach man nicht. Trotzdem waren sie der Elefant im Wohnzimmer, den angeblich niemand wahrnahm und sich doch an ihm vorbeizwängte. Wir lebten im Reich des Schweigens, das flüsternd in uns hineintropfte, ob wir wollten oder uns wehrten. Alles Gesprochene, wie verwirrt auch immer, ließ sich letztlich rekonstruieren. Aber das Ungesagte war eine Zumutung.

»Es gab Inder im Zweiten Weltkrieg?«, fragte ich.

Sie wollte es erklären und konnte nicht. Es war auch unwichtig. Einzelheiten und Verstrickungen gingen sie nichts an. Geopolitik war ihr kein Begriff. Rajendra hatte neben ihr im Erdloch gekauert. Was gab es mehr zu erklären? Nach einem meiner Besuche, der auch immer der letzte hätte sein können, befragte ich das Internet. Tatsächlich hatte Indien den Deutschen eine Kompanie von 3.000 Soldaten zur Unterstützung geschickt, um die eigene Befreiung vom britischen Imperium zu beschleunigen. Die Geste war symbolträchtig, aber wenig effektiv.

Rajendra war von seiner Kompanie geflohen, zurück nach Indien. Der zerbrechliche Mann war ein Getriebener seiner Ängste gewesen. Ein Deserteur, der sich in einer Odyssee auf einem torpedierten Schiff im Mittelmeer wiedergefunden hatte und nach einer unglaublichen Rettung auf einem Esel durch Griechenland geritten war und dann in einem Zug nach Rumänien verfrachtet worden war und schließlich auf der Ladefläche eines Truppenkonvois gen Osten gerollt war. Die Geschichte war zu faszinierend, um überzeugend zu sein. Ein indischer Soldat verloren in den Schützengräben der Seelower Höhen zwischen verstümmelten Preußen, Sachsen und Schlesiern, während die Stalinorgeln gespielt hatten.

»Ich weiß, Junge, es klingt unwahr. Aber er war wirklich. Wie auch immer er dort hingeraten war«, sprach sie leise.

Ich hing fest an ihrer Beule auf der Stirn. Mutter hatte uns angezischt, als wir Elisabeth zu Oma Beule umgetauft hatten. Aber Großmutter hatte so sanft gelacht, dass der Name zärtlich geschmeckt hatte.

»Was ist aus dem Bauern geworden?«

»Die Russen haben ihn erschossen. Mit zwei Kugeln. Eine in den Bauch. Einen Gnadenschuss in den Kopf. Seine Frau…« Sie machte eine Pause.»…haben sie an die Eingangstür genagelt.«

Ich knirschte mit den Zähnen bei der Vorstellung von Blut, das den Schenkel zu den Knöcheln hinabrannte. Bilder aus einer fremden Welt.

»War sie tot?«, wollte ich wissen; musste ich erfahren, gebannt vom Schrecken.

»Vielleicht«, sagte sie und schwieg.

In der Klangfarbe ihres Atmens hallte die eigene Furcht, selbst gekreuzigt an einer Tür zu verenden. Das Trauma schlafloser Nächte. Ich beschloss gegenüber meiner Frau, kein Sterbenswort über die Gekreuzigte zu verlieren. Reflexartig hüllte ich ihr Leid und ihre Scham in behütendes Schweigen. Der geringste Deut schmeckte nach Verrat.

»Warum hatte der Bauer ein Loch in der Scheune?«

»Er hatte Juden versteckt. Die waren bereits Monate zuvor nach Dresden geflohen.« Ihre Augen glänzten glasig, abwesend, verschollen in einer Zeit, wohin ich ihr nicht folgen konnte. »Dort waren sie bestimmt verbrannt. Amerikanische und britische Bomber. Niemand weiß es. Viele Lebensläufe endeten im Nichts.« Eine lange Weile folgte Stille, worin ihr letztes Wort zwischen uns schwebte, bevor sie sprach:»Unvollendet.«

Wieder daheim nahm ich ihre zitternden Worte vom Tonband und fügte sie nahtlos auf Papier zusammen.

Es war eisig im Erdloch. Sie legte sich die Wolldecke schützend um die Schultern, um ihren ausgemergelten Körper vor der nassen Kälte abzuschirmen.

»Sie sprechen Deutsch?«, fragte sie den unsichtbaren Mann neben sich. Er atmete schwer wie ein Verwundeter.

Seine Stimme war dünn wie die einer Frau, nicht die eines Soldaten. »Auch Englisch und Französisch. Ich bin Dolmetscher.«

»Warum sind sie hier?«

»Hier an der Ostfront? In der Hölle?« Seine Lippen verzogen sich bei den letzten drei Worten. Das sah sie nicht. Sie hörte es. »Schicksal.«

Sie wusste nichts mit dieser Aussage anzufangen; schmiedete doch jeder an seinem eigenen Überleben.

»Ich bin vor dem Schlimmen geflohen und im Schlimmsten geendet. Das muss etwas zu bedeuten haben, oder nicht?«

WAHRHEIT

Das Leben meines Vaters ließ sich wie folgt zusammenschrumpfen: Er wurde geboren, arbeitete und starb. Der alte Herr hätte das vorbehaltlos unterschrieben. Er war der Erfinder von »Nichtsprech«, einem Konstrukt aus Paraphrasen. In ihnen steckte nichts Wahres; sie waren so leblos wie unwirklich. Niemand wollte das begreifen. Wie auch? Mutter war nur bis zur siebten Klasse zur Schule gegangen, und Vater war Handwerker, kein Denker. Was wussten sie schon? Gar nichts! Schon gar nicht, dass ihre Existenzen paraphrastisch waren.

Bei uns zu Hause waren Gespräche eine Verkettung von Klappentexten, gespickt mit ausgeweideten Floskeln, gehüllt in eine Art Schutzsprache. Das Messer steckte im Detail. Der Allgemeinplatz relativierte, sterilisierte. Das eigene Leid erstickte darin. Es war eine Binsenweisheit, dass es damals allen schlecht ergangen war. Das war so wahr wie erfunden und nur so lange richtig, wie man annahm, dass das Ganze das Wirkliche war und das Einzelne eben nicht.

Die zwölfte Schulklasse korrigierte meine Sicht der Dinge. In einer Klassenarbeit war es die Aufgabe, ein Gedicht zu interpretieren. In überschaubarer Länge fasste ich den Kern zusammen: Ein Sonnenaufgang, bei dem ein Rabe starb. Das Resultat: Vier Minus, setzen!

Das war harsch, doch gnädig. Der Lehrer hätte noch eine Note tiefer greifen können. Man fasste Gedichte nicht zusammen, man ließ sie erklingen. Nicht das Was, sondern ihr Wie war die Botschaft. Im Reim keimte der verborgene Kern in offenkundiger Banalität. Die Zusammenfassung machte das Tiefe trivial: Frau verlässt Mann, und er ist traurig, unglückliche Liebe halt. Die Form war sich selbst Inhalt und machte den Liebesschmerz erst wirklich.

Die Wahrheit steckte nicht im großen Ganzen, sondern schlummerte im Teilstück. Nirgendwo sonst. Das Kleinste war das Wirklichste. Es gab keinen schönen Morgen, aber Laubblätter auf grünem Gras, im frischen Novemberwind, mit der Sonne im morgendlichen Wolkentanze, den Schuhsolen im lehmigen Boden, die Hände in den Hosentaschen vergraben, die Blicke im Horizont ertrunken, umspielt vom eigenen dunstigen Atem. Kleinstteilchen waren Geist. Das Große war Materie.

Nie hätte meine Mutter das verstanden. Hochtrabendes Gerede von irgendwelchen Parahasen und Kleinstdingern hätte sie geschimpft. Ihr Universum drehte sich um Kochtöpfe, Einweggläser und Einkaufskörbe, von denen sie Berge besaß. Ihr Lebenswerk landete nach ihrem Tod schubkarrenvoll auf dem Müll. Ihre Sammelwut trieb mich in den Wahnsinn. Drei Kronleuchter im Wohnzimmer! Drei! Drei! Der Keller voller Gläser und Geschirr für mehr als 40 Gäste, die nie in ihrer winzigen Wohnung Platz gefunden hätten. Zeug. Zeug. Zeug. Überall Zeug!

Zu meiner Überraschung entschuldigte sie sich kurz vor ihrem Tod bei mir. Sowas hatte sie zuvor nie getan. Sie und Vater verstanden sich mehr als Opfer denn als Täter, Getriebene auf hoher See. Alles war gekommen, wie es nun einmal gekommen war. Wer hätte das auch ändern können? Das hatte gestimmt, aber darum war es mir nicht gegangen. Erklärungen und Entschuldigungen waren mir einerlei. Ich hatte nach Einzelheiten gesucht. Möglichst viele davon! Nur sie hätten mir Orientierung verschaffen können, vermutete ich zumindest.

Oma Beule hatte einen Brunnen auf ihrem Bauernhof gehabt. Der Klang seiner Kurbel war mir vertraut wie sein Wasser, das ich nie geschmeckt hatte. Sie hatte so lebendig davon berichtet, dass er mir das einzig Wirkliche aus einer unwirklichen Zeit war. Meine Eltern hätten vieles zu erzählen gehabt. Vater war im Februar 1945 fünfzehn geworden und damit alt genug, um bei Hitlers letztem Aufgebot zu dienen: Flakabwehrschütze.

»Ach, wir waren ja noch jung und verstanden nichts«, sagte er einmal. Mehr nicht. Nichts von seinen Ängsten in der Gefangenschaft. Nichts von dem schauerlichen Klang der Panzerketten. Nichts. Nur ein einziges Mal, und zwar im Suff, weinte der alte Herr:»Werner ist tot!« Werner war sein Schulkamerad gewesen. Mehr fand ich nicht heraus, nur diesen Satz, das Guckloch durch eine große Mauer. Selbst wenig erhellte so viel. Mein Vater, Kriegsfilmjunkie und Zwangsneurotiker, war Kind einer verführten Generation, belogen hinein in die Mittäterschaft. Darüber hatte er sich ausgeschwiegen. Dann starb er daran.

Meine Eltern hatten Stille gesät, und die Saat war in uns dreien aufgegangen, mit tiefen Wurzeln und schlingenden Ängsten. Vieles war diffus und musste es eigentlich nicht sein. Ich war wie Mutter geworden. Sie hatte ihre Gespenster wenigstens gesehen. Meine hingegen waren gesichtslose Fratzen aus dem Nirgendwo. Orientierungslos schwamm ich in Vaters Schattenreich als Sohn der Trauer.

ZERSTÖRER

Für Oma Elisabeth gab es jenseits vom Überleben keinen Sinn, weder vorher noch nachher. Alles reduzierte sich auf Atemzüge, den jetzigen und den kommenden. Die Nacht kam und mit ihr die Soldaten. Der Tod schlich um die Scheune. Hungrige Männer, Verlorene eines Sieges, herumirrend mit einem absoluten Hunger, der sich an seiner Unersättlichkeit labte, Hingegebene an die Relativität mit bitterem Beigeschmack. Dies war das verlorene Paradies, das Reich von mickrigen Verhältnissen zum großen Übel.

Elisabeth und Jan harrten mit gepressten Lippen, gepeitscht von Furcht. Panzerketten besaßen das schaurigste Geräusch. Ein einsamer Schuss durchbohrte den Unterleib des Bauern. Großes Gelächter folgte. Nach quälender Verzögerung und unerträglichem Gewimmer erschallte der Gnadenschuss durch den Kopf. Noch mehr Gelächter.

»Hast du sie gehört? Ich meine die Nägel«, fragte ich.

Oma verneinte mit einer Kopfbewegung. Vielleicht war das keine Antwort, sondern eine erhabene Abwehr einer Geheimnishüterin.

Rajendra verlor die Kontrolle über sein panisches Zittern. Er durfte auf eine gezielte Kugel hoffen, sie aber erwartete einen Leidensweg ins Grab. Der Inder murmelte. Wie im Gebet, wie im Gesang. Ein warmes Summen wie ein Licht, zu dem sie sich flüchtete.

»Was ist das?«, flüsterte sie.

Er hielt inne und sprach mit bebenden Lippen: »Ein Vers aus der Bhagavadgita.«

Sie zitterte. »Was ist das?«

»Die Bibel der Inder.« Er hatte fast die Kontrolle über sein Sprechen verloren.

»Was sagt der Vers?« Ihre Stimme brach entzweit.

Er tat sich schwer bei der Übersetzung. Schließlich stotterte er: »Nun bin ich gleich dem Tode. Bin geworden der Zerstörer von Welten.«

Ich spielte das Band nochmals ab. Dann noch einmal. Und noch einmal, bis ich es auch erspähte.

»Ich wusste nicht, wie mir geschah«, sprach sie hauchdünn auf dem Band. »Wusste nicht, was an mir geschah, als das Licht erschien, groß und schwarz, und mit jeder Silbe des Verses drang ich tiefer in einen Abgrund und erkannte, dass…«

Sie endete den Satz nicht, auch nicht auf mein Drängen hin. In ihren Augen wanderten die Schatten des Krieges – Gewalt und Verstörung. Auf dem Boden des Abgrunds hatte sie alles erahnt, was ihr je geschehen war, aber nicht wie grundlos und entfesselt, sondern wie verschlungen. Und mehr konnte ich auch nicht sagen. Es stand alles in ihren Augen. Man hätte es selbst lesen müssen. Es ließ sich nicht übersetzen.

»Nun bin ich gleich dem Tode…«, wiederholte sie. Flüsternd, dann murmelnd, dann rollend wie ein Trommeln in der Kehle.

»Der Zerstörer von Welten«, sagte er.

»Nun bin ich geworden gleich dem Tode«, summten sie gemeinsam. »Bin ge-
worden der Zerstörer von Welten.«

Vor ihren Augen türmten sich Welten auf. Feuer und Flamme. Ein Meeres-
rauschen von Orgeln und einer schwarzen Stille, die allem folgte wie ein Hunger,
ohne Sättigung.
»Nun bin ich gleich dem Tod. Bin geworden der Zerstörer von Welten…
gleich dem Tod…. Zerstörer von Welten… gleich… Tod… Zerstörer… Wel-
ten… Tod… Welten… Geworden…«
Alles drehte sich, und beide wirbelten auf ein schwarzes Loch zu, gefangen im
Entsetzen, doch nun ohne Angst.

»Sein Singen durchfuhr mich wie eine Welle, bis auch ich vor dem
Unausweichlichen kniete, es erhob, es beschwor, es starr und schweigend betrachtete, als hätte ich nie etwas anderes tun wollen.«

Das waren nicht ihre Worte, sondern das Flackern im Spiel ihrer
Augen. Nur Gedichte sprachen so. Ihre Blicke reimten sich.

Über ihren Köpfen rollten die Motoren der russischen Kampfflugzeuge auf der
mörderischen Suche nach deutschen Karawanen, die gen Westen flohen. Viele
Flüchtlinge starben oder legten ihre erfrorenen Kinder in den Schnee und zogen
tränenlos weiter. Das Trauma einer ganzen Generation.
Jans Stimme schwang auf und ab, zwischen Ober- zu Unterwelten, sinnstif-
tend in einer entgleisten Welt.

»Wir summten diesen einen Vers bis in alle Unendlichkeit. Die
Furcht hob sich von meinen Schultern. Meine Angst war entsetzlich.
Aber ich hielt mich an etwas fest, solange ich dieses da murmelte,
betete. Ja, solange stand ich vor etwas viel Größerem. Darin war auch
ich. Und ich verstand. Alles Gewesene. Das Kommende. Alles, was
wir getan hatten. Alles, was uns angetan wurde. Alles.«

Das hatte sie gesagt und nichts erklärt. Ich hatte nur begriffen,
dass sie verstanden hatte, und mehr auch nicht. Vor meinem inneren
Auge waren die beiden jungen Menschen emporgeschleudert in einem gierigen Sturm. Verloren im Schicksalshaften, als hätte alles
nicht anders kommen können und sie nirgendwo anders hätten sein
können als in diesem Wirbel, entfesselt und gefangen.

Ich spielte die Aufnahme zurück und hing an jedem ihrer Worte mit Stift und Zettel fest. Sie sprach wie in Reimen, wie in Zitaten, wie in Gebeten, und zwar nicht das erste, sondern das tausendste Mal – letztlich mit einem Zuhörer.

»Wir beteten und beschworen das hungrige Nichts. In der Ferne donnerten die Flakgeschütze im Singsang der Stalinorgel. Plötzlich konnte ich es sehen. Und ich schwöre bei Gott, auch Jan sah es. Das wusste ich ganz genau. Eher zweifelte ich an meinem eigenen Namen, aber das, nein, das nicht. Er drückte meine Hände mit neuer Kraft, die sein schwacher Körper nicht mehr besaß.«

»Was?«

Das erste Mal in meinem Leben hörte ich einen Menschen mit wahrlich erhabener Stimme sprechen. Ein Zittern überrollte ihren Körper, der nur noch eine Hülle war.

»Das große Nichts. Fürs Auge unerkennbar. Aber wir sahen es. Ja, wir sahen, wie es uns alle verschlang. Unausweichlich. Wir waren alle darin: die Schießenden und die Erschossenen.«

Nichts würde diesen Augenblick jemals beschreiben, und ich würde darüber schweigen müssen.

»Ich drückte seine Finger. Der kleinste war abgeschossen. Ich wusste. Und er wusste. Wir beide wussten.«

Ich war gepackt von dürstender Neugier. »Was? Was habt ihr gesehen?«

»Den Zerstörer von Welten.« Sie lachte, bitter und süß. »Wir waren vor dem großen Loch in ein winziges geflohen. Wie dumme Kinder. Doch dann sah ich es.«

»Was?«, fragte ich, und meine Welt stand still.

»Das Göttliche, mein Junge. Aber nicht als Menschensohn, sondern als…«

Sie hatte gestoppt und die längste Pause ihres Lebens gemacht mit einer Tiefe, zu der nicht einmal die Todesfurcht hinabreichte.

»Als was?«

»Als Nichts«, hauchte sie, und eine nie gekannte Ehrfurcht ergriff mich.

»Aber was meint das?«

Sie lächelte sehr, sehr müde. »Alles wurde ganz winzig. Ganz klein. In unserem Summen erhob sich der Glanz von tausend Dunkelheiten.«

Das ergab keinen Sinn, trotzdem begriff ich. Letztlich besaßen das hellste Licht und die schwärzeste Dunkelheit denselben blendenden Glanz.

»Was meint das nur?«

»Kind, du wirst ...«

Sie war eingeschlafen. Hatte dort gelegen, uralt und weise. Keine Lebensspanne hätte genügt, um jene Stunden im Erdloch aufzurechnen. Ich erschauderte.

Dann erwachte sie und sagte, nein, betete: »Dieser ewige Hunger, dieses währende Nichts, das nicht ist wie irgendetwas. Das ist das...«

Wieder diese niemals enden wollende Stille.

»Wie oft hast du es gesehen?«

»Ein einziges Mal«, atmete sie aus und tat die Lider zu. »Und ich sehe es noch immer.«

Das dunkle Licht von tausend Sonnen hatte sich ihr auf die Netzhaut gebrannt. Noch immer lichterloh, selbst mit geschlossenen Augen.

TRÜMMER

Mutter war eine Trümmerfrau. Das machte uns zu Trümmerkindern.

Im Juni 1945 wurde Mutter 17. Sie war zwei Jahre älter als Vater. Den Schutt von zerbombten Häusern abzutragen war harte Arbeit, aber sie hatte sich nie beschwert. Sie hätte wohl jedes Recht dazu gehabt, aber es nicht für sich in Anspruch genommen. Das fasste es für sie zusammen: viel Arbeit und kein Murren. Für mich zu wenig. Ich hätte von den Farben der Häuser hören wollen, vom Ruß in den zersprengten Wohnzimmern und den Familien, die einst darin gehaust hatten. Stattdessen nichts.

Mutters Arbeit kannte ein Ende. Selbst das höchste Haus war irgendwann abgetragen. Aufgabe erledigt. Wir Kinder hatten den Seelenschrott unserer Eltern fortzuschaffen, eine ewige Schinderei. Die beiden Erwachsenen waren in Wirklichkeit große Kinder. Sie stritten oder schwiegen sich an wie Teenager, verheddert in einer Endlosschleife. Banalitäten entfachten Wutausbrüche, die in keinem Verhältnis zueinanderstanden. Überall regnete es haltlose Vorwürfe. Periodisch zerbarst unsere Kinderwelt in einen Kriegszustand. Beide missbrauchten uns als Schlichter und vertieften so unsere Narben. Sie verloren die Kontrolle. Wir mussten es richten. Welch ein Wahnsinn! Danach forderten sie Trost ein. Von uns! Meine Güte, wir waren doch nur Kinder.

Damals war das normal. Heutzutage würde das keiner länger als ein Jahr mitmachen. Moderne Eltern stritten sich nicht vor den Kindern. Sie stiegen ins Auto, fuhren los und schrien erst dann. Unsere nicht. Sie zogen uns mitten hinein und verlangten, dass wir Partei ergriffen: für den einen gegen den anderen. Mehr als einmal rieten wir ihnen, sich zu trennen. Um ihretwillen. Um unseretwillen. Stattdessen nahmen sie sich gegenseitig in Schutz wie Verschworene, ahnend, dass sie zu verbrannt und jenseits jeder Heilung waren. Vermutlich hatten sie damit recht.

Vater war zeitlebens ein verletzlicher Junge gewesen. Nur heimlich und geschützt im Verborgenen nahm er am Leben teil. Er belauschte uns und las unsere Briefe. Teilhabe ohne Teilnahme, damit sein gläsernes Ich nicht gefährdet wurde. Susanne hat ihm das nie verziehen.

Meine Schwester litt am meisten unter den Ausnahmezuständen. Jörg war zu alt und ich zu jung, aber sie wurde hart getroffen. Die 68er brachten ihr die ersehnte Befreiung. Endlich gab es eine Sprache für das Schweigen und die Unfähigkeit zu trauern. Ständig redete sie vom System, von repressiver Toleranz, von der Eindimensionalität des Menschen und solchen Dingen. Sie plapperte alles nach und verstand nichts. So intellektuell war sie nicht. Ihre Generation brauchte Geschichtenerzähler und keine Theorienschwinger. Für die Stille hatte sie endlich eine Sprache gefunden, nur war es die falsche gewesen.

Susanne hatte alles anders als Vater und Mutter machen wollen und auch getan. Sie lebte ihre Utopie im Osten, weit entfernt vom

Spießbürgertum unserer Eltern. Ihre Umwege führten sie ironischerweise zum selben Ziel. Ihre Töchter zeigten Symptome seelischen Hungers. Sie hatte sie nicht mit Strenge gezüchtigt wie Mutter, stattdessen hatte sie die Mädchen in grenzenloser Freiheit ersäuft. Der blanke Horror! Meine Schwester hörte nicht auf Warnungen und beschimpfte mich als Hobby-Psychologen. Ihre Töchter besuchten sie heute nur selten.

Jörg musste den höchsten Trümmerberg abtragen. Konsequenz: Keine Wohnung, keine Freundin, kein Leben. Er war die Witzfigur, für die ich mich schämte. In seiner Parallelwelt aber war er der Stolz meines Vaters. Jörgs Loyalität uferte ins Irrationale aus. Er war halt so einfach gestrickt wie Mutter. Mein Bruder hätte wissen müssen, dass mit ihm etwas nicht stimmte, denn seine Wutausbrüche waren legendär in unserer Nachbarschaft. Aber auch die wurden unter den Teppich gekehrt. Zahnschmerz deutete auf Zahnarzt und Seelenschmerz auf Seelenklempner. Für Jörg aber war Leiden Teil der Askese, Übungsschmerz nicht Warnsignal.

Ich hing fest zwischen Loyalität und Rebellion. Ich war schreckhaft und unentschlossen, also wurde ich anständig und unauffällig. Ich war das Kind gesichtsloser Ängste und heimlicher Zwänge. Das Namenlose war gewaltig und gewalttätig. Ich hegte keine Hoffnung auf Heilung. Nur mein Hinterkopf bastelte im Verborgenen am Erlösungswerk. Ich hätte Lehrer, Professor oder Wissenschaftler werden sollen, und das aus pathologischen Gründen, denn mein Streben nach Welterklärungen war neurotisch. Von den ersten und letzten Dingen wollte ich lernen und wissen, wohin sich alles drehte.

Aus mir ist nichts Besonderes geworden, weil die Ängstlichen Schleichwege wählten. Vater hatte fünfundvierzig Jahre bei der Deutschen Bahn gearbeitet, was unsere kleinbürgerliche Existenz gesichert hatte. Er ging fort, kam wieder und aß sein Abendbrot. Keiner wusste, was er den ganzen Tag machte.

Es ist ein Wunder, dass ich heute verheiratet bin. Jörg hätte sich das nie zugetraut. Susanne hat zwar zwei Kinder von zwei Männern, aber sie hat nie geheiratet. Vielleicht bin ich der Mutigste von uns dreien.

ZUG

Omas Erzählung verstrickte sich im Unüberschaubaren. Es fehlten Teile, und sie ertappte sich dabei, wie sie Kausalketten vertauschte.

Die rote Armee stürmte weiter gen Berlin. Elisabeth und Jan flohen aus ihrem Erdloch. Sie fanden etwas hartes Brot in einem Versteck beim Bauern. Zwei Laib Stein nannte sie es. Dann lagen sie irgendwo versteckt in schlammigen Feldern für Stunden, später schliefen sie unter Geäst im Wald. Welche Umwege sie tatsächlich genommen hatten, war letztlich unwichtig. Sie führten alle zur selben Endstation: dem Bahnhof. Dort fanden sie sich zusammengepfercht in einem Viehtransport wieder: Frauen, Kinder, alte Männer und dazwischen Rajendra in Frauenkleidern verdeckt unter einem Kopftuch. Wenn er nicht so klein und schmächtig gewesen wäre, hätten sie ihn als Mann entlarvt und erschossen oder nach Sibirien verfrachtet.

»Sie zwängten uns wie Schweine in die Wagons. Wir standen eng an eng.«

Der Gedanke erregte sie. Allein sie war zu schwach, um es zu zeigen.

»Dieser Gestank. Diese Dunkelheit. Beim Schließen der Tür zerquetschten sie einer Frau das Bein. Sie kam tot an.«

Der Terror stand ihr ins Gesicht geschrieben. Menschen verloren das Bewusstsein. Kinder erstickten zwischen den Erwachsenen. Leute urinierten gegen fremde Beine. Niemand kippte um, dafür fehlte der Platz. Die Toten standen bei den Lebenden.

»Jan und ich waren gegeneinander gepresst. Er war abwesend. Unterwegs, diese Welt zu verlassen. Ein Sog hatte ihn erfasst, und er wollte nicht länger widerstehen.«

Ich hörte ihr zu. Ihre Silben spielten wie Klaviernoten. Dieser Teil ihrer Geschichte fügte sich unzerbrechlich ineinander wie eine Komposition.

»Jan war mir Anker im Weltenmeer. Wir hüteten dasselbe Geheimnis. Hätte eine Bombe ihn verkrüppelt und entstellt, es hätte mich nicht von diesem Mann getrennt.«

»Du hast ihn geliebt?«, fragte ich flüsternd, als wäre die Romantik das Herz aller Geheimnisse.

»Wir waren gemeinsam verbrannt. Vereint in Asche.«

Das klang wie Liebe für mich. Aber was wusste ich schon? Ich war ein törichter Junge. Romantik? Sehnsucht? Damit hatte es nichts zu tun. Ihr fielen wieder die Lider zu, mit den Blicken weit über die Grenzen von Zeit und Raum geworfen.

»Er gab mir sein Stück Brot, bevor er losließ. Es war hart und kalt, aber es rettete mir das Leben.«

Der letzte Satz wurde wie verschüttet und ließ sich nahezu nicht rekonstruieren.

»Er hat sich für dich geopfert?«, bohrte ich weiter.

»Damals dachte ich das. Nun nicht mehr.« Sie klang wehmütig. Sehnsüchtig, als hätte sie die Möglichkeit ihres Lebens vertan.

»Wie meinst du das?«

»Er hatte das Nichts geschaut, und das Nichts hatte ihn geschaut, bis er nicht mehr wegschauen konnte. Er war bereit. Ich nicht.«

»Wofür?«

Sie machte einen tiefen Atemzug. »Für den einen Schritt, gegen den ich mich wehrte. Er trat ein. Ging unter.«

»Er starb?« Meine Worte waren mehr ein Stocken als ein Fragen.

»Er war an mich gelehnt. Niemand konnte sitzen oder liegen in unserem Viehtransport.« Tränen rollten über ihre zerfurchte Haut. »Zu Asche verbrannt«, flüsterte sie.

Unzertrennlich, wollte sie sagen, aber wagte es nicht. Ich bringe ihren Gedanken hier zu Ende. Hände haltend standen sie im Wagon wie Verliebte, wie Betende. Sie hielten sich aneinander fest, und der Sog des Abgrunds zog an ihnen.

»Wir waren bereits in der Grube unter der Scheune gestorben. Ich habe das Loch nie verlassen.«

Der Zug wackelte. Jan ging voraus. Sie standen kalt aneinander gedrückt. Zwei Tote. Sie hielt seine Finger und das steinerne Brot wie ein Seil. Sein Kopf lehnte auf ihrer Schulter, und sie war zu leergebrannt, um weinen zu können.

Sie schluckte. »Er war bereit. Ich nicht. Noch nicht. Er war verwundet. Ohne Arzt war das lebensgefährlich.«

»Ich verstehe«, nickte ich.

»Das kannst du nicht. Niemand kann. Auch ich nicht.«

Ich schwieg und nahm ihre Hand. Es war eine Geste, die ich nicht an mir kannte. Sie hatte ihn nie losgelassen. Noch immer standen sie zusammen, die eisigen Leiber ineinander verschlungen.

»In den letzten Jahren denke ich oft an ihn. Er taucht auf wie aus einem Nebel. Nun aber…«

»Was?«

»Das Nichts breitet sich um mein Bett aus. Jan ist wieder da, als hätte ich mich nie aus seiner Umarmung gelöst. Die Waggontür schließt sich, und der Zug rüttelt unsere kalten Körper hinein in ewige Dunkelheit, die uns empfängt, uns umschlingt. Es ist richtig. Es ist gut.«

Sie hatte diese Worte nicht zum ersten Mal ausgesprochen. Es war ihr Gedicht, ihr Gebet, das sich nahtlos reihte und reimte.

»Im Glanz der schwarzen Sonne verlöschen wir«, flüsterte sie als ob in Jans Ohr.

Oma Beule zerfiel zu Staub. Versank im Weltenzerstörer. War nun gleich dem Tod. Das Diktiergerät bewahrte ihre Erinnerungen. Von denen war nur das wahr, was sich reimte. Die Lücken dazwischen füllten Erfindungen.

BUCH

Mein Bruder überraschte mich, als er mich auf der Beerdigung unserer Mutter fragte, ob ich wusste, wie sich unsere Eltern kennengelernt hatten. Nein, tat ich nicht. Intimes war etwas Obszönes daheim.

Ein Anflug von Sentimentalität hatte seine Askese erschüttert, sonst hätte er mich nie gefragt.

Jörg blieb sich treu und gab die Liebesgeschichte mit zwei Sätzen wieder. Vater hatte damals ein Motorrad, und Mutter war mit ihm zum See gefahren, gepresst an seinen Körper. Ich hätte ihn nach Einzelheiten fragen sollen. Aber das wäre vergeblich gewesen. Jörg fasste alles zusammen, selbst Witze. Ohne Ecken. Ohne Kanten. Paraphrasiert. Sterilisiert. Die Lüge einer ganzen Familie.

Ich wollte Details und würde doch kein einziges erhalten. Wie hatte sich der Sommer angefühlt? Was hatten die Nachbarn gesagt? Erzähl mir von jedem einzelnen Schlagloch auf dem Weg zum See! Aber Mutter hatte ihm kaum mehr verraten, vor allem, weil sie außerehelich schwanger geworden war.

Ich bin überzeugt, dass ich mit Fremden aufwuchs. Es war keine schlechte Kindheit. Wir hatten es gut gehabt, und Vater wurde nicht müde, das zu wiederholen. Im »Nichtsprech« unseres Hauses war das ein Vorwurf. Also empfing ich das Glück nicht, sondern rechtfertigte es. Das Leben war keine Gabe, sondern Schuldigkeit.

Ich bin ein Kind des Schweigens, und meine Frau bekommt das zu spüren. Am Esstisch spreche ich wenig. Ich gehe zur Arbeit, komme heim, sehe fern. Sie weiß nichts von dem, was ich tue. Kennt meine Kollegen nicht. Ich betrüge sie um tausend Details, von denen sie nichts ahnt. Alles ist gelullt in einem Nichtsagen, das nach Lüge schmeckt.

Ich schreibe seit drei Jahren ein Tagebuch. Schlecht geschrieben, aber deutlich formuliert. Vieles war überflüssig und mit Einzelheiten überladen. Es befand sich kein großes Bild darin, aber große Bilder. Ich hoffe nicht auf Heilung. Vielleicht auf Besserung. Im Dekadenrausch ist es unmöglich geworden, die Entstehungsklänge zu erhorchen. Das Namenlos hatte sich unter uns gereiht und sich seinen Platz genommen, und wir waren seine Kinder auf der Suche nach einer Stimme.

In der untersten Schublade weilen meine Gedankenkritzeleien: dreihundert Seiten Jules Vernes Reise zum Mittelpunkt der ersten Dinge. Ich nehme ein leeres Deckblatt und schreibe auf die obere Hälfte: *Stille*. Dann lege ich es auf ihr Kopfkissen. Ich verlasse den Raum.

Später kehre ich zurück und ändere den Titel: *Die große Stille.*

DIE MASKE

Er war wirklich. Kein Traum. Mittlerweile weiß ich, zwischen Illusionen zu scheiden. Wie ein Experte.

LESER

Vor wenigen Jahren…

Blut tropfte in Bächen von seiner Nasenspitze, schlug auf den Boden und spritzte auf seine Schuhe. Schockschwindel schleuderte seine Sicht. Er brauchte einen Doktor. Schnell. Dumm und dickköpfig hatte er sich umziehen und das Bett richten wollen, weil man so nicht gehen konnte. Aber er saß fest. Kein Ausweg und kein Arzt.

»Was liest du?«, fragte er ihn mit dem Kopfkissen vor dem Mund, bemüht, die Blutung zu stillen.

Der Mann da las sehr viel. Sie nannten ihn den Leser. Die Bezeichnung war trefflich, aber irreführend. Sein tatsächlicher Name war banal wie Mayer, Müller, Schulze – so das Gerücht. Er war halb Mensch, halb Monster mit einem Kopf wie von einem Bullen, oben aufgesetzt, ohne Hals und ohne Übergang zum Torso. Der da hatte ihm gerade die Nase zertrümmert, wie beiläufig und unangekündigt. Arme wie diese da löschten Leben mit einem einzigen Schlag aus. Er wurde viermal getroffen. Oder fünfmal. Man zählte nicht richtig am nebligen Rand zur Bewusstlosigkeit, wenn der Tunnelblick kam und man hinabrauschte. Es hatte keine zwei Sekunden gedauert und schien doch minutenlang gewesen zu sein. Die kleine Zelle stank stets nach Schweiß. Er roch das nun nicht mehr. Das Atmen fiel ihm schwer. Zu wenig Sauerstoff. Der beißende Schmerz mischte sich zum giftigen Trank der Verzweiflung. Er war stolz auf seine spitze, grade Nase gewesen. Eitelkeit über Eitelkeit. Aussehen war ein Geschenk, doch für ihn ein Verdienst. Nun war sie schräg gebogen, wohl für immer. Der Narziss seiner Seele schrie Zetermordio. Er würde diese Hölle nicht als derjenige verlassen, der vor ein paar Monaten die Pforten durchschritten hatte. Er wollte heulen und durfte nicht. Kinder wurden fürs Weinen belohnt: Trost und Speiseeis. Im Knast waren Tränen Luxus, denn Schwächen wurden gnadenlos bestraft.

Der Leser würdigte ihn keines Blickes. Es galt Vorsicht zu bewahren. Winzigkeiten entfachten seinen emotionslosen Zorn. Das war eine *contradictio in adjecto*, nur ließ es sich nicht besser beschreiben: diese teutonische Furie in kühler Abwesenheit, als ginge ihn sein Opfer nichts an. In der Gefängniszelle gab es kein Entfliehen. Die Wärter würden seine hysterischen Schreie ignorieren. Verzweiflung wuchs, und er stemmte sich ihr mit wirrem Mut entgegen und machte sich lächerlich. Es war hoffnungslos, und er war verloren.

Der Citrusgeruch des frisch gewischten Bodens mischte sich mit dem dicken, metallischen Blutgeschmack, der seine Zunge nie mehr verlassen würde. Gewalt war der Fleischwolf, der das Mark zerriss. Verstört und verwirrt schrubbte man an den Blutflecken, die keine Zahl an Spüleimern reinigen mochte.

Was würde er morgen den Beamten sagen? Nicht die Wahrheit. Bestimmt nicht! Ausgerutscht, Nase gebrochen, einfach so. Konnte passieren. Schluss. Punkt. Er brauchte Hilfe. Das scherte den Leser nicht. Die Wärter steckten unter einer Decke. Sie hatten sein Todesurteil besiegelt. Deswegen saß er in dieser Todeszelle. Er hatte keine Beweise, aber im Wahn waren Verschwörungstheorien das Licht der Verwirrten. Die Beamten hatten Wetten abgeschlossen. Alles war ein sadistisches Experiment, getragen und gelenkt von ganz oben. Er war ein Versuchskaninchen.

»Warum liest du?«, würgte er seine verwirrte Frage durch das blutgetränkte Kissen.

Der Leser hielt inne. »Weil ich nicht schreiben kann«, antwortete er, ohne seinen kahlen Kopf einen Deut zu bewegen.

Ach was! dachte der Blutende.

Sie nannten ihn den Hochstapler, und dann lachten sie. Sein Name war eine Verniedlichung und zugleich eine Verballhornung, denn sein Nachname war von Stapelfeld. Er war kein Unmensch wie die anderen im Knast, sondern ein Ganove, der viel Geld veruntreut hatte. Hinter Gittern war der Meisterdieb ein Niemand. Hier herrschten die Herzlosen, die dich grinsend erwürgten. Wie eifersüchtige Götter forderten sie Ehrerbietung vom Fußvolk für ihre Bestialität. Der Leser hatte Leben ausgelöscht, besagte der Mythos hinter den Mauern, der bis zum Stacheldraht emporwucherte.

Der Hochstapler kaute an seiner bitteren Erinnerung ans heuchlerische Lächeln der Wärter, als sie ihn in die Zelle des Lesers gesteckt hatten. Einen Bücherwurm hatte er erwartet. Halb so schlimm. Ein Typ mit stereotyper Nickelbrille und strengem Scheitel. Weit gefehlt. Dies Ding da war zwei Meter mörderische Massen aus Muskeln und Fett. Seine Arme waren dick wie Männerbeine und konnten einen Kerl in zwei brechen. Tätowierungen schlängelten sich wie Arme über seine Schulter zum Hals empor.

»Was würdest du schreiben?«, gurgelte er mit Blut im Rachen.

Man durfte ihn nicht reizen, doch er hatte mit dem Leben abgeschlossen. Das Schlimmste würde kommen, und zwar unausweichlich. Selbst in einer anderen Zelle konnte er dem langen Arm des Lesers nicht entwischen. Der Hochstapler war eine Leiche auf zwei Beinen.

Der Leser senkte den Blick, aber nicht verärgert, sondern denkend. »Ich würde schreiben, was ich nicht ausdrücken kann.«

Der Hochstapler hatte sich noch rechtzeitig eine dumme Frage verboten: *Was konnte er nicht ausdrücken?* Das wäre ein logischer Zirkel gewesen, den er mit gebrochenen Fingern bezahlt hätte.

»Ich plante ein Buch über alles zu schreiben. Es sollte *Der Mensch* heißen«, sagte der Leser, allerdings nicht zum Hochstapler, sondern zu sich selbst. Ihm waren andere nur Abbilder, Kopien der Wirklichkeit, zu der er keinen Zutritt besaß.

»Was ist daraus geworden?«, blubberte er durch seinen blutigen Mund.

»Nichts. Ich bin zur Vernunft gekommen.«

Der Hochstapler nagte am widerwärtigen Grinsen der Beamten, die ihn in diese Folterkammer geschubst hatten. Eher wäre er mit dem Schwarzmann ins Loch gegangen. Wahrlich kein angenehmer Zimmergenosse, doch berechenbarer. Der afrikanische Voodoo-Meister war kein Psychopath, sondern ein ganz normaler Verrückter. Gewalttätig ja, aber nicht mörderisch. Zwischen dem einen und dem anderen lagen Universen.

Gewalt kannte Stufen und rigide Grenzen. Ganz unten stand der Manipulator, danach der Schreihals, der einem die schlimmsten Verwünschungen an den Kopf schleuderte. Beide waren harmlos im Vergleich zum Gewaltbereiten, der Dinge zerstörte, um das zu bekommen, was er wollte. Schlimmer noch war der Gewalttäter, der dir einen Zahn ausschlug, um seinen Willen durchzusetzen. Es bedurfte einer Notsituation, um die Leiter nur eine Sprosse emporzusteigen. Danach fiel man zurück auf den vorherigen Level, gequält von Schuldgefühlen. Ganz oben thronte der Mörder. Nicht etwa derjenige, der im Affekt handelte, sondern genauste Berechnungen anstellte und dann zuschlug. Hinterrücks und gewissenlos. Er musste nicht groß und stark sein. Er konnte auch schmal sein. Er beobachtete sein Opfer, bis der perfekte Zeitpunkt gekommen war, und ließ dann seiner Beute keine Chance.

Das Gerüst der Gewalt war starr. Je höher man stieg, desto weiter auseinander lagen die Stufen. Die letzte forderte den Sprung in den Abgrund. Nur wenige wagten sich. Selbst die Gewalttätigsten wie der Schwarzmann scheuten davor zurück. Sie brachen dir den Arm ohne Gewissensbisse, aber die Schwelle zum Mörderischen überschritten sie nicht. Nie! Diese fürchteten sie mehr als den eigenen Tod, denn auf der anderen Seite hatte man sein Ich bereits verscherbelt.

Hinter jedem großen Verbrecher stand ein noch viel größerer Psychologe.

Das waren die Worte seines Vaters, des großen Psychoanalytikers, das Vorbild aller, bis dieser auf seinen Meister getroffen war: Carsten, der Kindermörder. Herr Doktor hatte sich in den dunklen

Gedankengassen des Kranken verlaufen, nicht etwa verschwurbelte und verwirrte, sondern luzide und logische. Das war ihm zum Verhängnis geworden, denn er liebte Rationalität wie der Jüngling die Lust. Eine leichte Beute. Und eines Tages war nicht mehr ersichtlich gewesen, wer von beiden das Pathogen und wer die Panazee hatte. Der Hochstapler ließ die Bilder Revue passieren. Da war keine Reizbarkeit in den Zügen des Kahlkopfs zu lesen gewesen. Etwas war über dessen Ausdruck gehuscht, und dann hatte er zugeschlagen. Ohne Wut. Ohne Lust. Man hatte zwei Zehntel einer Sekunde, um zu reagieren. Wer reflektierte, duckte sich nicht. Nach vollbrachtem Werk hatten ihn die Pranken fallengelassen. Danach hatte er zufrieden geblickt, nicht gehässig, nicht verächtlich, eher beruhigt und weniger rastlos. Das Teuflische wohnte in Unlust, Mechanik und Distanz.

Das Monster würde ihn töten. Keinen Zweifel. Irgendwann und irgendwie allmählich. Warum nicht heute Nacht und mit einem Mal? Das würde ihm viel Leid ersparen. Vor vier Wochen hatte ihm der Leser die Schneidezähne ausgeschlagen, ohne Grund und ohne Vorwarnung. Einfach so. Seine Zähne hätten in einem Werbespot für Zahnpasta erscheinen können, so schön waren sie gewesen. Und bis vor zehn Minuten hatte er auch eine perfekt geformte Nase gehabt, das zarte Geschöpf eines Bildhauers. Er würde nie wieder einen geraden Nasenrücken haben. Das Gefängnis würde er nur als Wrack verlassen.

»Was liest du?«

Seine Frage kam mit dem Mut eines Wahnsinnigen, der vor einem ausgemergelten Grizzlybären Salsa tanzte. Der massige Leib kehrte sich ihm gleichgültig zu, immun gegen fremdes Leid. Er hob sein Buch: *Die Morphologie der Zeit.*

»Du verarscht mich! Du liest das da und tust so was«, sagte er mit der Wut der Verzweiflung und verschluckte sich an seinem Blut.

Der andere kehrte sich ab.

»Du weißt, dass ich nie wieder eine gerade Nase haben werde!«

Der Leser nickte langsam und kaum wahrnehmbar.

»Aber warum?«

Keine Antwort, als hätten beide nicht in derselben Welt gelebt und in einer ganz anderen Stunde.

»Ich versteh dich nicht!«

Der Leser versenkte sich in sein Buch.

»Ersticke dran!«, rief der Hochstapler.

Das war sein Todesurteil! Gleich würde sich der Unmensch zu Unmenschlichem herablassen. Doch es geschah nichts. Gar nichts.

»Weißt du, was ein Homunkulus ist?«, fragte der Riese mit dem Gleichmut eines Elefanten.

»Was?«

Er hatte mit allem gerechnet. Die abscheulichsten Bilder hatte er sich ausgemalt und akzeptiert. Aber das? Nein!

»Homunkulus«, wiederholte er leise und etwas gereizt.

»Was ist das für eine Frage?«

Er war zornig über sein entstelltes Aussehen. Er klang wie ein Behinderter mit dem Blut im Rachen und den pfeifenden Zahnlücken.

Er brummte bedrohlich. »Soll ich ein drittes Mal fragen?«

»Was weiß ich? Eine Pflanze?«

»Falsch.« Der Leser erhob sich, und sein Schatten bedeckte den Hochstapler.

MUTTER

Vor dreiunddreißig Jahren...

Die Mutter strich ihre Finger durch sein Haar auf seinem übergroßen Kopf. Es half nicht. Der Junge wölbte sich unter den Schüttelanfällen seiner Furcht, wellte sich, hob sich empor und stürzte nieder. Sie summte eine Melodie, tief und rau wie aus Urzeiten her, singend von Tagen und Taten, die harmonisch ineinanderglitten wie Kinder auf einer Rutsche. Linderung brachte es nicht. Es war ein Gebet, ihr eigenes, tausendmal zum Himmel emporgehoben und tausendmal auf sie herabgestürzt, unerfüllt und mit dem alleinigen Trost der schönen Klangfarbe, die alles zum Vibrieren brachten.

Mehr hatte sie nicht; mehr hatte sie sich nicht gelassen; mehr war ihr nicht geblieben.

Sie saß auf der Bettkante, und das fade Flurlicht zeichnete sie als Halbschatten. Im nächsten Zimmer schlief der Stiefvater. Der war streng. Der war jähzornig. Die Frau beruhigte ihren Mann häufig. Sie wollte ihn nicht verlieren. Durfte ihn nicht verspielen. Wer sonst würde sie mit dieser Vergangenheit nehmen? Mit diesem Sohn? »Es war ein Traum. Nur ein Traum. Nichts anderes«, flüsterte sie und streichelte zärtlich seinen grob geschneiderten Schädel.

Ihre Sätze kreisten im Rosenkranz mit jeder Wiederholung ein Stück näher der Erfüllung entgegen. Ihre Stimme rollte wellenartig über seichtes Wasser mit einer Brise von Whisky. Sie trank zu viel. Zu häufig. Dann wurde sie liederlich, oft ekelig. Der Junge mit dem Stierkopf kannte seine Herkunftsgeschichte. Der Stiefvater hatte sie ihm entgegen geschleudert wie die Ohrfeigen seiner klammen Hände. Kind der Schande hatte er ihn geschimpft. Kind der Sünde. Missgeburt der Schuld. Der Junge verkörperte die Untat, die er nie begangen hatte.

Scham und Schuld wehten im Atem der Berauschten. In jeder Stunde, in jedem Zimmer. Ohne Reue. Ohne Umkehr. Die Lüsternheit der Laute. Die Schlange des Verlangens. Das animalische Begehren entbrannt fürs Tierische. Wollust, worin das Wort »wollen« steckte. Blindheit fürs Sollen und Müssen.

»Es war ein Traum«, flehte sie ihn an wie in ihren Gebeten, die ein Ruf danach war, die Welt möge nicht sein, nicht so, nicht jetzt, nie.

»Es war ein Traum«, wiederholte er ihr zuliebe, aber abgehackt und in Stücken, die den Satz in seiner Länge verdoppelten.

Er sprach fest, aber weit weg, von irgendwo her und nirgendwo hin. Seine Worte schwebten zur Decke hinauf, langsam fließend, bis sie sich am Putz stießen. Das Männchen war wirklich gewesen, doch was wollte das schon meinen? Wussten wir nicht immer alles, bis wir es nicht mehr wussten? Die Erklärungsnot schuf das Unwissen. Er war alt genug, um die feinen Linien zwischen Tag und Traum nachzuzeichnen. Sie waren deutlich, aber unaussprechbar, und die Zunge verhaspelte sich ihm.

Die vergangenen Nächte hatten ihn zu einem Fremden gemacht, dem Bewohner anderer Welten. Während sie sein Haar streichelte, winkte er Abschied aus unerreichbarer Leere heraus, der Berührung enthoben.

»Er wird nicht zurückkommen«, sagte sie, ohne ihre summende Melodie auszusetzen, im Chor der Nonnen und Büßerinnen.

»Das kannst du nicht versprechen«, sagte er. Das Unwahrscheinliche war nimmer unmöglich.

»Doch. Ich verspreche es dir«, hauchte sie, und der Alkohol in ihrem Atem widerte ihn an.

»Niemand kann das«, hörte er sich, aber nicht wie er selbst, sondern wie ein anderer. Er paddelte bereits auf offener See fern von hier.

Drei Nächte hintereinander war es zu ihm gekommen. Dieses Männchen. Dieses Wesen. Immer zur selben Stunde. Dann war er wieder verschwunden, verschluckt von der Dunkelheit, die es geboren hatte.

»Wie heißt du?«, hatte der Junge über die Lippen gepresst, und das Männlein hatte gelacht, gedämpft wie hinter einem Handtuch.

Er fürchtete dessen Wiederkehr wie die des immer Gleichen. Nicht einmal, sondern ständig und für immer.

MASCARA

Heute Nacht…

Sie trat ein in die Villa. Die Tür stand offen. Ihre schlanke Gestalt bewegte sich katzenartig mit dem *tick-tock*-Trommeln ihrer Schuhabsätze. Das Innere war eine Verschachtelung von Gängen, die sich bogen und abzweigten, hinauf und hinab führten, als bestünde das Haus aus verschiedenen Ebenen, die nicht klar in Stockwerke getrennt waren, sondern nebeneinander und ineinander verliefen. Trepp' rauf, Trepp' runter. Es war höhlenähnlich kühl und feucht. Die Stimmen in ihrem Kopf mischten sich mit dem Hall der gewölbten Flure: laut, stark und verständlich. Nach einer scharfen Kurve stand sie in einem großen, kreisförmigen Wohnzimmer. Sie hätte sich eine Schnur vom Eingang bis hierhin legen sollen wie die Troglodyten in unerforschten Höhlen. Für den Fall der Fälle!

Sie blieb fünf Schritte vor ihm stehen und ertrug seine reglosen Augen zwischen seinen fleischigen Wangen. Er roch nach Schweiß, war groß, grob und kahl, mehr Monster als Mann mit einem hässlichen Kopf und Armen wie Baumstämme, die ihre schmalen Glieder wie Zahnstocher hätten zerbrechen können. Ein Faustschlag genügte, und sie war nicht mehr. Das war schierer Realismus.

»Hier bin ich. Nummer sieben auf deiner Bestellliste«, sprach sie unbeeindruckt von seiner Hässlichkeit und rohen Gewalt, die sich in seinem bulligen Nacken abzeichnete.

Der Deal fand immer zwischen denselben überall in dieser Welt statt: Männer mit Geld auf der einen Seite und Frauen ohne auf der anderen. Er warf ihr einen kurzen Blick zu. Der Schmutz unter seinen Fingernägeln weckte größeres Interesse als ihre Gegenwart.

»Du bist neu.«

»Gut erkannt«, sagte sie mit einem Lächeln.

Er drehte ihr den Rücken zu. »Du hast ein schönes Haus. Allerdings verschachtelt gebaut. Irgendwie verwirrend. Verirrst du dich nicht hier drin?«

»Überhaupt nicht.«

»Wer war dein Architekt.«

Er atmete vier Sekunden ein, hielt den Atem vier Sekunden und atmete vier Sekunden aus. »Martin Dädalus.«

Sie hob die Schultern. »Muss man den kennen?«

»Er ist berühmt.«

»Tatsächlich? Ich hoffe, er hat hier wieder herausgefunden, nachdem er das Haus fertiggestellt hatte?«

Er schien sie nicht zu hören.

»Du lebst in einem Irrgarten«, sagte sie verächtlich, und ihre rechte Augenbraue hob sich empor.

»Labyrinth«, korrigierte er sie.

»Da gibt es einen Unterschied?«

Er nickte.

»Welchen?«

Seine Augen liefen durch die Nacht, und er sprach zu sich selbst: »Das eine führt ins Nirgendwo, das andere ins Zentrum.«

»Und was findet sich dort?«

»Du selbst«, sagte er, und es schwang tief und hohl, schwer und allein.

»Spannend«, sagte sie mit fehlendem Ernst.

Er sprach abgehackt und stückelte die Silben zusammen. Es war wie sein Körper: eine Zusammensetzung disparater Teile. Sein Kopf passte nicht, schien wie aufgesetzt. Seine Wörter waren zwar richtig, aber ausgesprochen hallten sie chimärisch.

Sie schaute von unten auf ihn herab, mit der übermenschlichen Würde einer Pharaonin. Ihre Augen waren ein Lichtspiel aus fließenden Farben, umrandet von Mascara mit Pupillen, die in Milch schwammen. Ihre Lippen waren blutrot, und Makeup bedeckte ihre Haut mit Puderschnee.

Er legte seine Pranke um ihren Hals. Seine Finger waren groß und grob, wild und wulstig; nichts, womit eine Frau berührt werden wollte. Sie drückte ihre Hand gegen den kalten Stahl, der verborgen an ihrem Körper anlag. Er hätte sie einhändig erwürgen können. Sie lächelte enthoben und erhaben von unten auf ihn herab. Mit dem Daumen verwischte er ihren Lippenstift und schmierte ihn über ihre Wangen. Seine Handinnenfläche verdunkelte ihre Sicht zur Sonnenfinsternis. Er rieb ihr Mascara schräg über die Wange und quer über ihre Stirn.

»Eine Stunde vor dem Spiegel einfach fortgewischt. Du bist komisch«, sagte sie kalt.

Seine Sätze waren eine Aneinanderreihung abgebrochener Silben, einander aufgepfropft. »Ich mag keine Forderungen.«

»Verstehe.«

»Tust du nicht«, ertönte er gleichgültig und gewalttätig.

Sie hob mädchenhaft die Schultern und wischte seine Bemerkung hinfort. »Hat man dir einen Namen gegeben?«, sprach sie keck.

»Der Leser«, sprach er gemahlen.

»Ein Freund der Belletristik. Das sieht man dir nicht an.«

Sie grinste. Das war gefährlich. Er ignoriert sie, als hätten beide nicht in demselben Raum gestanden, nicht einmal in derselben Stunde.

»Und dein Name?«

»Wenn sie dich den Leser nennen, dann nenne mich die Tochter«, sagte sie beiläufig.

»Hat dein Name eine Geschichte?«, fragte er.

»Zu lang für einen kurzen Abend. Und langweilig obendrein.«

Sie inspizierte den Garten. »Warum hast du so viele Gartenzwerge?«

»Ich mag sie.«

»Sie sind kitschig.«

»Kitsch stellt keine Ansprüche.«

Sie schritt durch den übergroßen Raum. Ihre Schuhe trommelten im Sekundentakt. »Wie kann jemand wie du sich ein solch schönes Haus leisten?«

»Es war ein Geschenk«, sagte er abgewandt.

»So nennt man das also?«

Die Welt stand auf dem Kopf, wenn Untiere in Villen hausten, während ihre Mutter von Sozialhilfe lebte, weil sie keinen Beruf länger als drei Monate ausführen konnte.

Die Tochter schlenderte die Regale entlang. »Du ertrinkst in Schnickschnack. Krimskrams überall!«

Die Regale überbordeten mit Figürchen, Kügelchen, Bildchen, Püppchen und Steinchen. Sie kehrte sich um und nahm zum ersten Mal die gegenüberliegende Wand bewusst wahr.

»Die Venus von Boticelli! Echt jetzt?«

Sie deutete auf das überdimensionale Bild, das kunstvoll auf die Wand gemalt worden war. Er hob die Schultern. Wer wenig sagte, sprach mehr.

»Ein Flugzeug von der Lufthansa? Ein Globus? Ein Harlekin? So viel Müll auf einem Stück Brett. Und auf der anderen Seite das Meisterwerk der Renaissance schlecht hin. Wie passt das zusammen?«

Ihre Worte gingen ihn nicht an, sie gingen ihn nichts an.

»Karate Superman? Das Söldnerkommando? Der Blob? Tanz der Teufel 2? Du hast eine Leidenschaft für B-Movies. Die ganze Reihe DVDs ist nichts als Schrott.«

Er würdigte sie keines Blickes. Faktisch war sie ihm nicht anwesend.

»Über Einbrecher brauchst du dir keine Sorgen machen. Die werden deine Sammlung bestimmt nicht stehlen.«

»Eine Kennerin?«, sprach er abgehackt.

»Ich weiß, zwischen Kunst und Kitsch zu unterscheiden.«

»Deine Vorgängerinnen waren Hühner. Sie kannten nichts von großer Kunst. Nichts von großen Emotionen.«

»Du offensichtlich auch nicht«, sagte sie aufs Regal deutend.

Ihre Worte perlten an ihm herab wie Regen auf Cortex. Wie unbemerkt hatten sich beide wie Boxer in einem Ring kreisförmig in Bewegung gesetzt. Ganz langsam und behutsam, mit schürfenden Sohlen, gegen den Uhrzeigersinn. Erst jetzt fiel ihr auf, dass der Fliesenboden das überdimensionale Ziffernblatt einer Uhr war, teils verdeckt von Möbeln. Die Zeiger standen still auf einer bestimmten Stunde: zwei nach zwei.

Sie hatte ihn falsch eingeschätzt. Sie hatte ein Monster erwartet und kein beredtes Biest. »Warum die Venus?«, wollte sie wissen.

»Weil sie sich nicht besitzen lässt.«

»Sondern?«

»Sie gestattet dir nur, sie zu denken. Näher darfst du ihr nicht treten«, sagte er mit der Ehrfurcht eines Gläubigen vor einer Ikone kniend.

»Sie ist nur ein Bild.«

Seine Konturen versteinerten sich mit erhobenem Kopf zur Venus. »Sie trägt ihre Nacktheit wie ein Kleid und verbietet jede Erotik.« Er drehte seinen Kopf zu ihr. Seine Augen leuchteten tiefschwarz. »Sie schaut durch jeden hindurch. Ihre stumme Sprache ist ein Gebot, die man nur im Akt des Gehorsams hört.« Nach einer Pause fügte er hinzu. »Und des Ungehorsams.«

»Man hat dich falsch beschrieben«, sagte sie.

Sie klang verwirrt, als hätte sie den Faden verloren. Der Mann da ahnte die Ewigkeit hinter der Venus, während er sich im Schmerz der Endlichkeit badete. Das war verstörend. Er hörte sie nicht, sondern nur den Dialog von Höhlenhall und Grottenschall.

PENDEL

Vor dreiunddreißig Jahren...

Der Junge erwachte. Schnee trommelte gegens Fenster. Eisstürme in einem Traum, der keiner war. Ein strangulierter Schrei erstickte unter seiner Zunge. Das Herz pochte mit Hammerschlägen. Über ihm schwebte ein Pendel, hin und her im Zeigertakt. Ein goldener Kreis glänzte an einer Kette, gehalten von einem Arm, der sich im Schwarz der Nacht auflöste. Etwas warnte ihn vor dem Wahnsinn des Entsetzens und dem verborgenen Gesicht. Und doch: Keine Angst schreckte den Willen zum Wissen. Er schluckte, und es schmerzte. Er hatte das Tippeln und Tappeln in seinem Traum vernommen, als wäre man ihm gefolgt. Kinderfüße rannten hörbar mal schnell, mal langsam wie hinter einer Wand. Wohin er gegangen war, da waren auch sie gewesen.

Ein Männchen trat in den Schein des Mondes. Das Herz des Jungen setzte aus. Er konnte Großmutters Standuhr im Flur nicht mehr hören, die des Nachts schlug, und deren Mechanik hörbar rauschte. Nun stockte sie und war still. Es trug eine Maske: Eine Gesichtshälfte war schwarz, die andere weiß. Es war größer als ein Zwerg und kleiner als ein Kind, gekleidet in einem ulkigen Kostüm mit einer Narrenkappe, an deren Enden Glöckchen klirrten. Die hereinströmende Winterluft war eisig und dünn. *Warum tickt die Uhr nicht!* rief es in ihm. Und warum bemerkte er das überhaupt?

Seine Lippen verkrampften sich zur Frage: »Wer bist du?«

Keine Antwort, als hätte er das Nichts befragt, das nicht war, und doch alles füllte. Seine Fragen stürzten in ein stilles Loch, das sich in Rätseln verkörperte. Er hatte die Gegenwart des Männleins im Schlaf gespürt, wie man die Anwesenheit einer Person in einem leeren Haus wahrnahm. Im Traum war er nicht allein gewesen, und nicht nur da, sondern schon lange zuvor, doch war es nie mehr als eine Vermutung gewesen, dass er einen Zuschauer gehabt hatte, der seinen Bildern beigewohnt hatte.

Hinter der Scheibe kreisten Schneeflocken im Wirbeltanz. Er träumte nicht. Das wusste er. Zaghaft balancierte er über die verwischte Grenzlinie zwischen den Schlafenden und den Wachen. Das Pendel über seiner Stirn oszillierte wie in Großmutters Standuhr, die die Stunden mit scharfem Ton trennte. Nun war sie stumm.

Das Männchen sprach etwas, doch die Maske dämpfte es zu unverständlichen Brocken:»Erlöse die...«

So viel hatte er gehört, meinte er. Sicher konnte er sich nicht sein. Der Rest war verstümmelt und verloren.

»Was?«

Der Junge keuchte das Wort. Das Pendel hob sich empor, und die Maske glitt in die Dunkelheit. Es tippelte, es tappelte. Großmutters Uhr schlug zwei. Das Herz des Jungen trommelte. Seine Ohren plätscherten voll der lauten Stille, und der Glockenschlag schnitt in vorher und nachher, maß und vergaß. Er war wieder allein. Ein Knoten schnürte ihm den Hals zu. Ein Band bestand unentwirrbar zwischen ihm und dem Männchen. Es wollte ihm so scheinen, als ob... ja, als hätte er es selbst heraufbeschworen. Und es war erschienen.

TOCHTER

Vor vielen Jahren...

»Kommt der Mann wieder?«, fragte die zwölfjährige Tochter.

Die Mutter schüttelte den Kopf und presste die Lippen zusammen. Das Mädchen ließ ihre Sporttasche neben der Eingangstür fallen. Die Frau kniff die Augen zusammen. Leiden nahm Gestalt an in diesen vier Wänden. Das Mädchen sollte diesen Tag noch lange in

Erinnerung behalten als denjenigen, da sich die Stimmen Gehör verschafften.

Die Bratpfanne lag auf dem Boden. Ihre Mutter konnte nicht greifen. Selbst beidhändig war sie kraftlos. Ihre Gelenke glühten mit Kohlen. Sie konnte Türen nicht öffnen und Fenster nicht schließen. Und niemand gab ihr einen Job. Trotzdem bewarb sie sich. Vergeblich. Das Mädchen wischte die Kartoffeln vom Küchenboden. Eine weitere Fliese war zersprungen. Der Vermieter würde sie dafür bezahlen lassen. Doch von welchem Geld?

Die Mutter liebte das Nähen. Es war die Leidenschaft, die Leiden schuf. Garn und Garderobe waren der Stoff der Träume. Doch die Hände brannten ihr mit Feuern, wenn sie den Faden durchs Nadelöhr führte. Das Leben war ein Nadelöhr, verengt und eine Herausforderung an die Geduld. Ihre Tochter hatte irgendwann einmal eine Gitarrenspielerin gesehen, deren Fingergelenke genetisch verwachsen waren. Diese hatte sich Wege ersonnen, um die Saiten zu greifen. Mutter und Musikerin waren sich ähnlich.

Die Tochter brachte ihre Sporttasche ins Kinderzimmer. »Hast du etwas gesagt«, rief die Kleine.

»Habe ich nicht«, antwortet ihre Mutter geistesabwesend.

»Bist du sicher? Aber du hast doch…«, sagte sie und stoppte. Sie hatte eine Stimme gehört, nicht wie die eigene, die sie stets begleitete, sondern eine andere.

Jeden Tag durchlitt die Mutter ihren Stierkampf, eine Wiederholung ohne Sieger. Die tiefsten und höchsten Stunden allein definierten den Menschen. Die Jahre dazwischen waren der langatmige Prolog und der langweilige Epilog. Täglich stieg man hinauf zu verlorenen Höhen, erinnerte und schwelgte, bemüht zu verstehen, was es meinte, was man meinte. Man stieg hinab in die Tiefen, es zu ergreifen, sich selbst zu begreifen. So auch die Mutter. In ihrem gnostischen Weltbild umschloss das Wissen die Vergebung und war damit die Tür aus ihrem Albtraum. Verstehen, um zu verzeihen! Nur ließ sich das Böse nicht begreifen.

»Wie war dein Training«, fragte die Mutter.

»Gut«, sagte das Mädchen. »Soll ich uns etwas auf die Pfanne legen?«

Die Mutter nickte und wandte den Kopf zur Seite. »Was hast du gelernt, Kleines?«, fragte sie.

Das Mädchen kam aus der Küche und stand in der Wohnzimmertür. »Wir haben den Schlangenkopf trainiert«, sagte sie stolz.

»Schlangenkopf? Was ist das?«

»Es ist ein Angriff so schnell wie eine Kobra«, erklärte sie aufgeregt. »Mit einem Kugelschreiber oder einem Messer ist diese Technik tödlich.«

»Wie dieses?«

»Du bist so schnell, dass der andere nicht reagieren kann. Ganz schnell geht das.«

»Verteidigung ist gut. Es ist gut«, sagte die Mutter. »Das ist gut. Das ist gut.«

Mit sechs hatte sie die Tochter zum Kampfsport gedrängt. Wehrlosigkeit war ein Übel für Frauen. Mit Schnelligkeit und Wendigkeit hatte man eine Chance, und ein gezielter Schlag kaufte einem Zeit. Ihr schwebten Bilder von Hilflosigkeit vor Augen. Ausgeliefert. Erdrückt unter großem Gewicht. Und diese Schmerzen. Überdimensionale Schmerzen. Ihre Tochter sollte das nicht erleben. Sie sollte lernen, sich zu verteidigen.

Der blonde Mann, der vor zwei Monaten eingezogen war, hatte heute seine Sachen gepackt und war verschwunden wie die anderen zuvor. Männer kamen und gingen. Sie waren nicht gut zu ihrer Mutter. Es ging ums Geld. Kein Mann hieß kein Fleisch auf dem Teller. Das war die unerbittliche Gleichung.

Ihr Vater hatte sie beide verlassen, als sie drei Jahre alt gewesen war. Er hatte auch keinen Pfennig bezahlt. In jenem Jahr hatten die Stimmen in Mutters Kopf begonnen zu schreien. Panik hatte sie attackiert. Schließlich hatte sie phantastische Verbindungslinien zwischen Ereignissen gezogen, wo es keine gegeben hatte. Sie hatte gesagt, was sie gehört hatte, und hatte nicht mehr gehört, was sie gesagt hatte. Das war zu viel gewesen.

Ihre Mutter war die melancholische Schönheit in einem Schwarzweiß-Film. Ihr Kinn scharf geschnitten. Ihre Augen kugelrund, eine Greta Garbo mit verlorenen Blicken. Ihre Tochter hatte ihre schönen Hände geerbt, nicht aber ihre fein gemeißelten Konturen, stattdessen die Nase des Vaters und seine Augen. Die Anmut der Mutter wurde nicht welk, nur dunkel und geheimnisvoll, wandelte sich ihrer Form nach, aber nicht im Wesen. Männer verfielen ihrem Bann, versucht in den tiefen Brunnen dahinter zu blicken. Letztlich aber verschwanden sie wieder, angewidert von ihren entstellten Händen, und ließen die verkrüppelte Diva allein zurück.

Jede Nacht kam der Stier aus seinem Verließ und drückte sie nieder. Sie litt unter Ängsten, die mit Fratzen kamen, düstere Geschöpfe in dunklen Ecken, im Keller und Dachboden hausend, wohin sie schon seit Jahren nicht mehr gegangen war. Da waren Stimmen wie Sprechblasen, die nur sie allein lesen konnte. Peinigende Worte, paranoide Gebilde, die die Welt kaputtredeten.

Im dreizehnten Lebensjahr hörte auch das Mädchen die zornigen Zungen. Sie sprachen von der stinkenden Wohnung, von den kaputten Heizungen und vom Schimmel im Badezimmer. Sie sprachen von Recht und Gerechtigkeit und immer von Rache. Erst sanft und säuselnd, dann wild und wütend. Anfänglich leise, schließlich unüberhörbar. Sie wuchsen und wuchsen und gebaren schließlich die Tochter des Zorns.

HOMUNKULUS

Vor wenigen Jahren…

Gefängnisse gehörten nach Straftaten unterteilt: eins für Mörder und Vergewaltiger und eins für Betrüger wie ihn. So aber war der Hochstapler das Schlitzohr unter Aufschlitzern, gesperrt in eine Zelle mit einem Mann, der las, aber sich nicht lesen ließ.

»Ein Homunkulus ist größer als ein Gartenzwerg und kleiner als ein Junge. Wesentlich kleiner.«

Der Leser sprach zur Wand. Immer redete er irgendwo anders hin, als stünde niemand sonst im selben Raum. Alles war ein Monolog aus der Zukunft oder der Vergangenheit, und die anderen lasen die Mitschriften. Er war im Gestern, war im Morgen, nicht im Jetzt, aber wenn er einen anschaute, so lugte sein Ich aus einer verlorenen Zeit hervor, und man erblasste. Dann schloss er die Augen, erfasst von einem Strudel, hinfort gespült in eine Zeit, wohin nur er allein reisen konnte.

Der Hochstapler horchte. Seine Erwartungen nahmen finstere Formen an. Der nächste Faustschlag würde kommen, wieder aus dem Nichts, unangekündigt und grundlos. Die fixe Idee, dass dies hier sein Ende war, wuchs zum Baum mit hundert Verästelungen. Alles war geplant. Heute Nacht. Hinter seinem Rücken wusste jeder Bescheid. Alle waren eingeschworen und verschworen. Allesamt. Die Wärter und der Direktor. Ausnahmslos. Das war schizophren, aber überzeugend.

Sein Vater, der Sigmund Freud seiner Kleinstadt, hatte oft im Sessel gelesen, die Blicke leer, mit Gedanken, die nie aufgehört hatten, den Diskurs mit Carsten dem Kindermörder fortzuführen in einem Schachspiel, in dem er bereits mattgesetzt worden war. Aus einem dicken Buch für griechische Mythen hatte er seinem Sohn vom Minotaurus berichtet, dem sagenhaften Wesen mit menschlichem Körper und einem Stierkopf, das in einem Labyrinth hauste und Menschenopfer fraß. Dort hatte sich auch der Psychoanalytiker verirrt. Der einzige Weg hinaus, war der hinein. Dort, wo das Unwesen mit Lust am Morden wartete. Wie sein Vater einst hatte sich auch der Hochstapler im Reich des mythisch Bösen verloren.

Zwischen Faust und Gesicht lag der Bruchteil einer Sekunde. Der massige Mann schlug mit der Geschwindigkeit und Präzision eines Profiboxers. Ohne Ansatz. Ohne Ausholen. Sobald er zuckte, war es zu spät. Ein Einschlag aus dem Nichts. Ein Aufschlag auf dem Boden. Erst kürzlich hatte der Hochstapler das Spektakel aus erster Reihe beobachtet. Ein Neuankömmling hatte sich als Karatemeister ausgerufen. Das war arrogant gewesen, doch nicht gelogen. Sein drahtiger Körper war eine tödliche Waffe. Flink, wendig, zielgenau. Seine Bauchmuskeln und Schulterköpfe hätten direkt aus einem Musikvideo für Gangsterrap stammen können. Er war ein Profi. Das verrieten sein Gang und die Weise, wie er sich im Raum positionierte. Er wusste, wo jeder stand, wo die Fluchtwege waren und vor allem, wo die Hände waren. Augen töteten nicht, Fäuste schon.

In der Warteschlange der Kantine prallte Karatekid in den Leser oder umgekehrt. Der Neuling hatte seine Reaktionsfähigkeit überschätzt und die Distanz unterschätzt. Der Hochstapler hatte etwas

Sonderbares bemerkt. Es schien, als ob der Leser nicht wahrnahm, was sich im Jetzt abspielte. Er war entweder voraus oder hinterher, als könnte er nur sehen, was hundert Sekunden vorher oder danach geschah. Es war zu eigenartig, um es zu beschreiben. Karatekid war von der Seite gekommen. Wo andere ihren toten Winkel hatten, hatte der Leser seine Augen. Seitlich versetzt hieß zeitlich versetzt. Dort war er seinem Gegner zehn Sekunden voraus. *Boom!* Die wulstige Faust war wie der Kopf einer Kobra und mit der Wucht eines Stieres geflogen. Kieferbruch. Schnabeltasse. Eine gewöhnliche Hand wäre bei diesem Aufwärtshaken selbst gebrochen. Doch nicht diese, die alles zerquetschte wie Püppchen. Der Neuling hatte am Boden gelegen – bewusstlos. Der Leser hatte sein Essen genommen und war gegangen. Dann war die Menge in ein Gejohle ausgebrochen. Die Wärter waren herbeigeeilt.

»Ausgerutscht!«, hatte einer am Ende der Schlange gerufen.

Alle hatten gelacht und die menschlichen Abgründe offenbart, die sich im Schatten des Lesers auftaten. Es hatte Häme von der Decke des Speisesaals geregnet, laut schallend mit affenartigem Grunzen. Seine Gegenwart allein beschwor das Schlechte in allen, lautlose Rufe an die niedersten Instinkte. Sie verstärkte das kindisch Kitschige. Schwüre wurden zelebriert. Abzeichen zur Schau gestellt. Groteske Frisuren entschieden über Stammeszugehörigkeit. Der Wahn einer verirrten Symbolik, abgeschmackt und lächerlich.

»Homunkulus«, sagte der Leser mit den Blicken an die Wand geheftet, »ist das Wesen unserer eigenen Schöpfung.«

»Wie Frankenstein?« Die Frage kam gedämpft durch das bluttriefende Kopfkissen.

»So ähnlich.«

Der Hochstapler hätte hier verbluten können, und es hätte den Leser nicht berührt. Womöglich würde er nicht einmal auf die Fragen der Wärter antworten, denn auch sie waren nicht den Schmutz unter seinen Nägeln wert. Ausgerutscht und auf der Toilette totgeschlagen. Konnte passieren. Warum nicht?

»Was ist eigentlich die Mehrzahl dieses komischen Worts? Homunkulusse?«, fragte der Hochstapler. Er verlor den Verstand. Der Schock machte ihn wirres Zeug reden, als scherte er sich tatsächlich um Männchen mit Pflanzennamen.

»Homunkuli«, korrigierte ihn der Riese.

Der Kerl da war mehr mit Phantasmen beschäftigt als mit den Leiden seines Nächsten. Der Hochstapler gehörte in ein Krankenhaus, möglichst schnell. Aus Furcht aber litt er still in seiner Ecke weiter, wohin ihn der Faustschlag versetzt hatte. Man konnte über den Leser sagen, was man wollte, aber ungebildet war er nicht. Wer ihn für dumm hielt, weil er massig, kahl und bis zum Haaransatz tätowiert war, täuschte sich wie jene, die ihn für langsam hielten. Er war weder das eine noch das andere.

»Und wo ist dieser Homunkulus? In deinem Kopf?«, spöttelte er und biss sich auf die Lippe.

Der Leser blickte auf und in ihn hinein, so tief, dass es ihn fröstelte. In seinen Augen spiegelten sich Schmerz und Gewalt, gemischt zum bitteren Cocktail, mit dem er jeden tränken würde, der ihm zu nahe trat. Er erblickte das Monster in innerer Nacktheit, und Scham und Schock drängten sich in seiner Seele.

»Er war wirklich«, sprach er so laut, dass es von den Wänden auf ihn niederknallte.

»Schon gut.« Er musste die Furie beschwichtigen, bevor sie sich selbst entfesselte.

»Ich stelle dir eine Frage«, sagte der Leser. »Wenn Licht auf dein Auge trifft, dann ist das Bild über Kopf auf der Netzhaut, richtig?«

Was kommt jetzt? fragte sich der Hochstapler.

»Ich war nicht gut im Biologieunterricht. Aber du wirst schon recht haben.«

Er temperierte seinen Ton so neutral wie möglich, um keine Reize auszusenden, die den Stier rotsehen ließen.

»Das Gehirn dreht das Bild um, oder?«

»Das ist wohl so.«

»Wenn das stimmt, dann gibt es ein Etwas im Kopf, das das Bild zuerst umdreht, bevor es wahrgenommen wird, richtig?«

»Scheint so.«

Etwas zog ihn hinab in die Welt des Lesers, tief und verborgen, ein Gängegeschlängel der Gedanken. Wehe den Neugierigen! Wehe den Eintretenden!

»Ach, jetzt verstehe ich. Dieses Etwas, dieses Ding, das die Bilder zurückdreht, sodass sie nicht mehr auf dem Kopf stehen, das ist dein Homunkulus, oder?«

Das Monster nickte, aber mehr mit den Augen als mit dem Hals. »Er ist der, der die Bilder richtigstellt.«

Der Hochstapler glitt in die Verästelungen hinab, hinein in die Gewölbe, die sich verschachtelten und verzweigten. Er wusste es. Bevor man sich versah, war man verfangen. Man durfte dem Lockruf nicht folgen. Man musste dem süßen Hall der Gewölbe widerstehen.

»Das ist Quatsch«, sagte der Hochstapler.

Der Große schüttelte leicht seinen massigen und wulstigen Körper. »Ist es nicht.«

GARTEN

Vor dreiunddreißig Jahren…

Der dicke Junge erwachte. Über seiner Nase hob sich ein goldenes Pendel und verschwand im Schwarz der Nacht. Sofort war er wach. Er hatte nicht wirklich geschlafen, sondern an der Tür zwischen Tag und Traum gewartet und gehorcht, bis er die Füßchen hatte kommen hören. Wissbegier war größer als Furcht, denn sie kam mit der Kraft der Pflicht, und er würde folgen, selbst in die Unterwelt.

Die Uhr stand wieder still. Zwei nach zwei und kein einziges Ticken. Es war ihm sofort aufgefallen. Ihre reibende Mechanik war das erste Geräusch nach dem Erwachen. Die Kinderzimmertür öffnete sich wie von Geisterhand, und Schrittchen verschwanden im Flur. Er stieg aus seinem Bett und folgte dem *Tippel-Tappel*. Das Wesen bewegte sich unsichtbar, aber hörbar zwischen Sofa und Schränken. Die Terrassentür tat sich auf, und die Winterluft flutete herein. Er lief hinaus in die Schneewehen. Die Mini-Fußspuren verliefen sich zwischen einem Bataillon von Gartenzwergen. Fort. Einfach verschwunden. Vielleicht war es zu einer der Plastikfiguren geworden? Die Zwerge hatten Augen wie Türen, die hinab in ein düsteres Innere führten, widerlich anzuschauen. Und sie kommunizierten in sonderbaren Reden untereinander.

»Es zieht wie Hechtsuppe«, sagte einer von den Plastikzwergen, und die andern lachten.

»Dein Deutsch ist unter aller Kanone.« Ein Glucksen und Gackern ertönten. Der dicke Junge kämpfte gegen die Stimmen in seinem Kopf. Sie waren nicht wirklich, aber wirklich laut.

»Wo bist du?«, fragte der Junge leise. Die Kälte schnitt ihm in die nackten Füße. Keine Antwort. Nur das Gezeter der Zwerge, das alles verkehrte und entehrte.

»Ich bin der Bär, dein Spott.« Gelächter erschallte glöckchenartig. »Du solltest keine anderen Spötter haben neben mir.« Noch mehr Geschrei, das die Luft tingelte.

Gebote und Verbote standen Kopf. Aus »Du sollst nicht begehren.« wurde »Du sollst nicht belehren.« Und aus »Du sollst nicht töten.« wurde »Du sollst nicht flöten.« Dann kicherten sie kindisch und kitschig, zwar nicht real, doch hörbar rau. Zwischen Wirkung und Wirklichkeit verlief eine schmale Grenze.

»Welcher von ihnen bist du?«, fragte der Junge lauter, wobei er sich mit dem Schneetreiben kreiste. »Wie ist dein Name?«

Die Zwerge grunzten wie eine Herde Schweine und stießen ein stechendes Quicken aus.

»Wer andere in eine Grube schubst, fällt selbst nicht hinein«, flachste einer, und die anderen johlten.

»Wir wollen den Teufel nicht an die Wand klatschen«, scherzte der nächste.

Wieder keuchendes Gelächter. Alles war Hokuspokus, Nonsens und Firlefanz. Der Schnee wirbelte um seine fleischigen Schenkel und seinen hängenden Bauch. Sein Herz hämmerte, und er spürte die Kälte nicht mehr.

»Sag mir endlich deinen Namen!«, rief er gegen den kreischenden Wind.

Zorn entbrannt, riss er einem Zwerg den Kopf ab und schleuderte die Teile ins Gebüsch.

»Was lange gärt, wird Wut«, kommentierte ein Zwerg und trat eine neue Lawine des Gelächters los.

»Bitte.« Nun flehte er. »Deinen Namen.«

»Homunkulus«, sprach das Männlein.

Dieses Mal war die Stimme echt und nicht das Flüstern seiner Vorstellung. Er konnte die Töne mit einem Skalpell aus dem brüllenden Wind herausschneiden. Zwischen Tag und Trug liefen feine Fäden, und er konnte sie erkennen. Erneut erschallte dieses Kichern wie von tausend kindlichen Männchen. Unecht, aber vernehmbar.

»Was willst du von mir, Herr Homunkulus?«

Gelächter erschallte. Das Männlein mit »Herr« anzusprechen war bestimmt dummerhaftig.

»Erlöse die…«, sprach es gedämpft, zerschnitten vom beißenden Wind.

Der Junge spürte seine zu Eis gefrorenen Füße nicht mehr.

»Was soll ich tun?«, rief er.

»Erlöse die…«

»Ich kann dich nicht hören!«

Das Männchen antwortet nicht mehr. Die weißen Wirbel hüllten die Zwerge in eine Eisdecke. Die Kälte trieb ihn zurück ins Haus. Er fror. Seine Lippen waren bläulich angelaufen. Es schloss die Tür zum Garten und hörte oben die Uhr zweimal schlagen. Zwei Uhr. Aber wie war das möglich? Es war doch bereits zwei nach zwei gewesen, als sie stehen geblieben war. Sie konnte unmöglich rückwärtsgegangen sein, oder?

THEOTOKOS

Heute Nacht…

Sein Labyrinth roch nach Schweiß.

Die Tochter trat vor ihr Spiegelbild im Fenster und verschmierte das Mascara und vollendete die Kriegsbemalung. Ein schwarzer Strich schlürfte über ihre linke Wange, ein anderer über ihre Schläfe bis zum Haaransatz.

»Warum hast du so viel Zeugs? Figuren. Püppchen. Flugzeuge. Zwerge. Kugeln. Wozu das alles?«

»Ich kann es zerstören. Jeder Zeit.«

Er griff eine Figur heraus und zerquetschte sie. Seine Hand hätte den Kopf eines Kindes zerdrücken können. Der Gegenstand zerbrach, zerfiel und zerstreute sich.

»Einfach so?«, sagte sie mit erhobener Augenbraue.

»Einfach so.«

Ihre Absätze schlugen hölzern hart den Takt der kreisenden Bewegung.

»Alles Kitsch. Wirf es einfach weg.«

Er sprach eintönig und mit Gräben zwischen den Wörtern. »Es lässt mich in Ruhe.«

»Probiere es mit etwas Schönem.«

»Bestimmt nicht.«

Sein Ausspruch war so kalt, dass es sie fröstelte. »Etwas Schönes lässt dich nicht schlafen?«, witzelte sie, um sich von der Schwere zu befreien, die aus ihm hervorsickerte.

»So ungefähr.«

Sie lachte laut und lang, unerschrocken in Gegenwart der reizbaren Bestie.

»Wer hat dich geschickt?«, fragte er.

»Dein Freund Andreas. Er meinte, es gebe Arbeit. Er sagte, du seist sonderbar, aber nicht, dass du uns verschmiert magst.«

Wieder schien es so, als hätte er sie nicht gehört.

»Was ist das für eine Tätowierung auf deinem Arm?«, fragte er.

Sie strich über ihren nackten Oberarm.

»Ein Schlangenkopf.«

»Gefährliches Tier.« Er kehrte ihr den Rücken und machte sich verwundbar. »Man sagt, es gäbe Menschen, die schnell wie eine Kobra zustechen können.«

Ihr wurde mulmig bei dem Gedanken, dass sie die Beute und nicht das Raubtier war.

»Man redet viel heutzutage«, sagte sie mit perfekter Gelassenheit. Seine Blicke glitten über ihren schlanken Körper, zerbrachen ihn und ließen ihn blutend am Boden liegen. Sie lächelte. Ihre Grübchen verrieten, dass sie ihn dechiffrierte wie geheime U-Boot-Nachrichten, zwischen Gesagten und Getarnten scheidend. Er wandte sich ab.

»Du hast mehr Verstand als deine Vorgängerinnen.«

»Danke. Und du hast mehr Kraft als deine Vorgänger.« Sie durchstreifte seine Büchersammlung, zog eines hervor und betrachtete den Titel. »Der Homunkulus? Wer ist das?«, fragte sie.

»Er ist das Unwesen, das wir selbst kreiert haben«, sagte er leise, silbrig abgehackt und mit einem Tonfall, der nicht zu deuten war. Sprach er zu ihr oder sich selbst? Er bebte für die Länge ein paar holpriger Silben. »Der Homunkulus kennt viele Namen. In der jüdischen Kabbala ist es der Golem. In griechischer Mythologie die Pygmalion.«

»Was sagt der jüdische Mythos?«

»Ein Rabbi formte ein Wesen. Mit einem magischen Wort machte er es lebendig. Er schrieb dieses Wort auf ein Stückchen Pergament und schob es unter die Zunge des Geschöpfs.«

»Und was passiert, wenn das Stück Papier aus dem Mund fällt?«

»Dann stirbt der Golem.«

»Interessant. Und wer ist dieser Homunkulus?«

Der Leser atmete tief ein. »Homunkulus ist unsere eigene Schöpfung, nicht imaginiert, sondern heraufbeschworen. Er kennt nur die Eingangstür durch uns hindurch.«

Er sprach, als hätte er vorgelesen, allerdings nicht fließend, sondern höckerig wie ein Zwölfjähriger mit leidlichen Lesekenntnissen. Die Sätze kamen stockend und waren silbrig gesprochen, mit hörbaren Sollbruchstellen und durchsetzt von Bindestrichen wie Worttrennungen am Zeilenumbruch.

»Das klingt nach Frankenstein. Ist der auch eine Art Homunkulus?«, fragte sie in einer fließenden Bewegung ohne Brüche, ohne Übergänge, fein und schmiegsam wie ihr Gang.

Er nickte. Der Raum kreiste im Gegenuhrzeigersinn. Beide bewegten sich bogenförmig und gleichmäßig langsam in sicherer Entfernung. Sie hatte sich bereits in seinem Labyrinth der dunklen Gänge, Gabelungen und Gedanken verlaufen. Sie hatte die Warnungen nicht hören wollen und die Gefahr verkannt. Er war nicht nur ein Monster, sondern mehr. Viel mehr. Sein Äußeres war abscheulich, aber seine Gedankenwelt funkelte mit dunkler Anziehungskraft – darin der Hunger nach dem Unsichtbaren, das auch sie suchte. So glitschte sie hinab in die Hallen seiner Unterwelt, nicht wissend, ob sie je wieder den Weg nach draußen finden sollte.

»Hast du schon einmal geliebt? Ich meine so richtig«, fragte sie.

Er blinzelte mit den wulstigen Augenlidern. »Ein einziges Mal.«

Er kannte die Frage, als wäre an dieser Stelle schon tausendmal zuvor souffliert worden. Alles war ihm bekannt, nicht wie einmal oder zweimal, sondern vielmals.

»Hatte sie einen Namen?«

Er wurde still. Sehr lange still. Sie meinte, er würde niemals antworten.

»Maria«, sagte er und betonte jede Silbe einzeln.

»Wie die Mutter Gottes?«

»Genau die.«

»Was hast du an ihr geliebt?«

Ihr Satz zerbrach in der Mitte und machte einen unruhigen Sprung. Seine fleischigen Augen verengten sich zu Schlitzen.

»Dass ihre Schönheit nur bestaunt werden konnte.«

»Hassliebe?« Sie provozierte ihn wie einen schlafenden Bären.

»Reine Liebe«, sagte er wie einer, der die Liebe nur aus großer Entfernung kannte, sie nie berührt hatte, sondern nur erhofft und erbeten und schließlich idealisiert und dann im Dreck zertreten hatte, um festzustellen, dass sie kein Abbild war, sondern das Bild aller Bilder.

»Und was hast du an ihr nicht gemocht?«

Es verging eine lange Zeit, und ihre Schuhe tickten sekündlich gegen den Boden.

»Nichts«, sagte er aus tiefer Leere heraus.

»Aber etwas muss falsch gelaufen sein.« Sie wollte nonchalant klingen, aber er schien das Brennen in ihr zu erschnüffeln.

»Nichts ist falsch gelaufen«, wiederholte er, und doch klang jede Silbe anders als zuvor.

Sie stachelte weiter. »Das Unglück jugendlicher Liebe?«

»So ungefähr.« Dann fragte er unvermittelt: »Kommt dir dieser Moment bekannt vor?«

»Déjà-vu?« Sie lachte geringschätzig. »Bestimmt nicht. Daran würde ich mich erinnern. Heute bin ich das erste und letzte Mal hier.«

Er wandte sich zu Boticellis Venus, der erhabenen Schönheit, die über seinen kahlen Kopf hinwegschaute und durch seine Hässlichkeit hindurch. Im Rücken hatte er keine Augen. Sein schmaler Hals bot sich ihr an. Der Stahl an ihrem Körper befahl ihr zuzustechen. Ein Messer war veredelt durch Stärke und Schnelligkeit und in seinen scharfen Linien verkörperte es Brutalität in reinster Form ohne schützende Distanz für die eigene verlorene Seele. Nur die Würger standen auf einem höheren Podest und fielen in eine tiefere Grube.

»Ich wollte sie besitzen.« Er drehte sich zu ihr. »Nur ging das nicht. Man durfte sie nur bewundern. Ja, man musste. Müssen, nichts anderes als Müssen. Wie eine Statue, der man sich nur im Staunen nähern durfte.«

Sie verwunderte sich über die Tiefe seiner Gedanken, die eine melancholische Schönheit bargen, so verführerisch, dass man sich ihr widersetzen musste.

»Was ist das Problem?«

Ein verächtliches Lachen erschallte, hässlich wie seine kleinen Zähne. »Macht. Ganz einfach Macht. Weißt du nicht, dass die Schönheit der Venus nie besessen wird? Nie! Sie besitzt dich. Und weißt du, wie?«

»Sag's mir.«

»Sie spricht in Befehlen. Kennt nur den Imperativ. Die Forderung. Und nichts anderes. Ihre Hand ist eisern und eine Qual.« Er grunzte laut wie ein angestochenes Ferkel. »Die Katholen kriechen vor der

Mutter Gottes, nicht weil sie die personifizierte Reinheit schauen wollen. Nein. Sie selbst wollen gesehen werden. Dort auf ihren Knien kauernd. Das ist das Geheimnis. Die Madonna zu sehen, heißt gesehen werden.«

Sie nahm einen Zwerg aus dem Regal, lächelte und sprach:»Und was ist das hier?«

»Kopie einer Kopie einer Kopie. Ein Plagiat. Alles Abbilder.«

Aus ihrer Verachtung wuchs heimlich der Spross der Bewunderung. Was sollte sie als nächstes denken? In ihr war alles gespalten und gegabelt.

»Ich habe dich unterschätzt. Du weißt nicht nur, was du sagst, sondern auch, was es meint.«

»Du bist nicht harmlos. Ist es nicht so?«, fragte er mit dem Rücken zu ihr gekehrt.

Das war der perfekte Augenblick. Sein Hals lag wehrlos frei und nur einen Sprung weit entfernt.

»Man sollte mich nicht unterschätzen.«

Sie nahmen die Kreisbewegung durch den Raum wieder auf, geschoben von den Armen der Zeit, die rückwärts kreisten.

»Weißt du, was ich an Maria mag?«, fragte er.

»Die Gottesmutter?«,

Er blinzelte.

»Verrate es mir.«

»Ihr Leiden macht sie schön. Darin ist sie unerreichbar. Wie ihr unvergleichbarer Sohn am Kreuz. Der Prophet der Bergpredigt ist bestenfalls mittelmäßig, aber die Passion versetzt uns ins Staunen.«

»Maria wurde gekreuzigt?«

»Maria, die Verlassene. Die Einsame. Die um den Sohn Beraubte. Im Leiden ist sie anbetungswürdig. Wer sie sieht, wird gesehen«, sprach er wie in Trance mit den Blicken zur Venus geworfen.

Ihre hämmernden Schritte stoppten.»Du bist religiös?«

»Unsinn. Das Schöne ist universell.« Er lächelte zum ersten Mal und packte sie mit seinem Blick, darin ungezügelte Gewalt, schlummernd und nun erwachend.»Du bist besonders. Ich schätze das.«

»Ich bin die letzte meiner Art, und zwar die schlimmste von allen.«

»Die nehme ich.«

»Ich werde dich töten.«

Der Satz vibrierte stählern zwischen ihnen. Er bewegte den halslosen Kopf halb zur Seite. »Ich zähle darauf.«

NARR

Vor dreiunddreißig Jahren...

Die Glöckchen der Narrenkappe klimperten glasig im Zugwind des offenen Fensters. Über seiner Nase schwang das Pendel. Es war eine Taschenuhr. Schwarze Zeiger auf weißem Hintergrund. Das Tick-Tack der Standuhr war fort. Stattdessen pendelte kreisförmig, in endloser Wiederkehr die goldene Kette. Der kalte Hauch des Schicksalshaften wehte, darin Wohl und Wehe. Alles Gesprochene und Ungesprochene wurde auf eine Goldwaage gelegt, und das geringste Gewicht vermochte die Waage zu kippen.

»Herr Homunkulus«, stieß er hervor.

Das Männchen kicherte, vermutlich weil er es mit »Herr« angesprochen hatte.

»Wer bist du?«, fragte er und konnte das Beben seiner Stimmbänder nicht kontrollieren.

»Du bist wer?«, antwortete es spiegelverkehrt.

Der Junge drehte sich mit dem Homunkulus im Kreis, die Augen ineinander verschränkt, bis ihm der Kopf schwirrte.

»Du bist nicht wirklich, oder?«, flüsterte der Junge.

»Ebenso wenig wie du.«

Die Miniaturgestalt im Narrenkostüm lachte hinter der Maske. »Zeit ist knapp und selten da. Folge mir.«

Dann kehrte sich der Homunkulus um, ging die Treppen hinab ins Wohnzimmer und verschwand zur Terrasse hinaus. Der Junge folgte ihm. Die Standuhr stand still. Zwei nach zwei. Dies war nicht die Schwelle zu einer anderen Welt, sondern zu einer anderen Zeit. Er trat in den Garten, und es wurde sommerlich hell. Er stand auf der blühenden Wiese hinter dem Haus. Er fiel auf die Knie, denn dort hinter dem Maschenzaun tanzte Maria, die Nachbarstochter, über den gesprengten Rasen. Die Füße nackt und nass, Beine glänzend, leichtfüßig wie eine Ballerina, die schwebte. Scham und Scheu überwältigten ihn, denn dies war sein geheimster Traum, seine Zuflucht, den er als »der Ort« bezeichnete. Niemand sollte ihn kennen.

»Woher weißt du…?«, fragte er mit einem Kloß im Hals. »Sie ist nicht echt, oder?«

»So wirklich, wie eine Idee sein kann«, sagte das Männchen.

Der Junge war gefesselt an die Anmut ihrer Bewegungen, die Schönheit ihrer Beine, die Leichtigkeit ihrer Füße und die Formen ihrer Hände. Diese Hände!

»Eine Idee gehört dir nicht. Du gehörst der Idee«, sagte der Homunkulus.

»Was meint das?«, fragte der Junge.

Aber das Männchen wiederholte sich nur: »Du bist Teil der Idee, aber sie ist kein Teil von dir.«

Der Junge fühlte seine fleischigen Oberschenkel gegeneinanderdrücken. Sein Bauch hing an ihm wie eine Schürze. Er erkannte sich selbst wie im Rampenlicht, unter Scheinwerfern, die ihn hüllenlos machten. Maria tanzte und ihr Körper blickte ihn an. Er war nicht länger verborgen hinter einem Vorhang. Scham und Schuld glühten rot wie schmelzendes Erz in ihm, als wäre seine Existenz bereits ein Vergehen.

»Du musst es kontrollieren!«, warnte ihn der Homunkulus.

Der dicke Junge ballte seine Faust. Sein fetter Leib spannte sich und wurde zur Kugel, gleich einem Wurfgeschoss.

»Kontrolliere es!«, mahnte das Männchen streng.

»Ich kann nicht«, sprach der Junge von Zorn geflutet.

»Du kannst eine Idee nicht zerstören.«

»Doch kann ich!«

»Du kannst sie nur retten.«

Maria war die Liebe in seinem scheußlichen Dasein. Könnte er sie lieben, könnte er alle lieben, sogar sich selbst. So lachhaft das war, für ihn war es wahr. Es war kindisch wie die Liebe zu einem Stern, der mit kaltem Licht ein Löchlein in den Baldachin des Universums gesengt hatte. Lächerlich, und doch so wahr. Er blickte auf den Homunkulus herab. Seine dicken Beine konnten ihn zertreten. Dann würde er fortlaufen, zurück in die Stube, hoch in sein Zimmer, versteckt hinter der Gardine. Das Männchen kicherte, als hätte es Gedanken gelesen. Es verschwand, und die Dunkelheit fiel über den Jungen. Es stand im harschenden Schnee vor der Kolonne Gartenzwerge, die ihn kitschig angrinsten. Er riss einem den Kopf ab und schleuderte ihn auf den Boden. Dann noch einen und noch einen. Die Zwerge kicherten, und der Junge zerstörte einen dritten und einen vierten. Das Gelächter wuchs zum Raunen an.

Er rannte mit kochenden Tränen hinein. Er schloss die Terrassentür und verschloss sich vor der bezaubernden Maria, die nie aufhören würde, im Kreis zu tanzen. Er warf sich aufs Bett und schluchzte. Er spürte seinen fetten Leib, die fleischigen Schenkel, die dicken Finger. Die Standuhr im Flur schlug zwei. Die Achse der Zeit stand schräg und rotierte mehr zurück als nach vorn.

SCHULD

Heute Nacht...

»Parsifal? Kein Witz?!« Sie hatte eine CD aus der Sammlung genommen und hielt diese hoch. »Richard Wagner? Du hörst Wagner?«

Er ignorierte sie wie ein Kind.

»Du ein Wagnerianer?«

Nach einer Zeit nickte er.

»Kein Scherz? Das hätte ich nicht gedacht.« Sie stellte die CD zurück. »Gibt es eigentlich auch Bachianer und Mozartianer?«

Er blickte auf.

»Du weißt schon, Anhänger von Bach und Mozart.«

Er verneinte mit einer Kopfbewegung.

»Du scheinst nicht der typische Wagnerianer zu sein.«

»Kennst du das Stück Liebestod in Tristan und Isolde?«, fragte er mit einem Summen.

»Ich habe nie Wagner gehört. Seine Musik ist mir zu wuchtig und voller Emotionen ohne Melodien.«

»Kein Stück in aller Welt drückt den Gedanken der universellen Liebe aus wie dieses.«

Sie lachte laut und gehässig. Zum ersten Mal ließ sie ihrer Verachtung freien Lauf für alles, was dieser Mann da war: seine Hässlichkeit, die keiner Frau würdig war, und seine Brutalität, die den Tod verdiente.

»Liebe? Du? Und universell? Das glaubst du doch selbst nicht!«

Er ignorierte sie, während er das Bild der Venus anhimmelte. »Für dich bin ich ein Monster. Ist es nicht so?«

»Sehr richtig.«

»Verdienen Monster keine Erlösung?«

»Nur den Tod.«

»Haben wir nicht alle unsere eigene Idee von Erlösung? Unsere eigene Hoffnung von dem, was uns aus dieser Höhle herausführen wird?«

Er hatte Höhle gesagt, doch hatte es geklungen wie Hölle. Dann fielen seine dunklen Augen auf sie, stachen tief in sie hinein, und sie erstarrte, als hätte er sie erkannt und gewusst, was sie sagen würde, und zwar längst, bevor sie es ausgesprochen hatte.

»Deswegen bist du doch hier. Nicht um mich zu töten, sondern um Erlösung zu finden. Ist es nicht so?«

»Wenn du es wirklich wissen willst«, sprach sie eisig. »Ich höre Stimmen. Erst wenn sie schweigen, bin ich frei.«

Er kehrte sich wieder von ihr ab und der Venus zu. »Du meinst, falls du lebend mein Haus verlässt, werden sie verstummt sein?« Er klang alt und grau, wie einer, der die Welt in einem großen Kreis umrundet hatte, und dem nichts mehr fremd war.

»Heute Nacht werden sie aufhören zu sprechen. So oder so.«
In ihren Worten schwang der Hass von Jahrzehnten, geformt zu blankem Stahl, spitz und scharf, tödlich und unerbittlich. Eine Pistole bedeutete Exekution; das Messer war Rache. Genau das forderten ihre Stimmen: Sie begehrten zu spüren, wie das Metall die Hautschichten durchschnitt und sich am Knochen stieß, wie Krampf und Konvulsion des Opfers über die Klinge bis ins eigene Rückenmark bebten. Unvergesslich und unverzeihlich. Nur das Erwürgen war persönlicher, verächtlicher und bewundernswerter.

»Möge es so sein«, sprach er mit der Gleichgültigkeit ertrinkender Hoffnung. »Aber du solltest wissen, dass wir irgendwann nur noch zwischen Formen des Unheils wählen dürfen.«

»Lass das meine Sorge sein.«

Beide kreisten im Einklang mit dem Takt der Sekunden, der umkehrten Zeigerrichtung folgend. Ihre Schuhabsätze spielten den Rhythmus, zu dem sie tanzten.

»Sag mir, was ist aus Maria geworden?«, fragte sie.

»Der Mutter Gottes?«

»Du hast Humor. Warum sagt man bloß, mit dir sei nicht zu spaßen?«

»Du kennst mich?« Er sprach wie ein Mönch, dem alles gleich war.

»Vom Hörensagen.«

Er blieb regungslos.

»Man sagt, dein Vater und deine Mutter seien Bruder und Schwester gewesen. Stimmt das?«

»Cousin und Cousine.«

Seine Mutter war entbrannt für ihren jüngsten Cousin, getrieben von sträflichen Leidenschaften, entfacht von verfluchten Wünschen.

»Dein Vater ist also auch dein Onkel.«

»Zweiten Grades.«

Für einen winzigen Moment taten sich ihr die inneren Fensterläden auf, und sie erkannte das stierhafte Geschöpf als Gestraften für die Sünden der Eltern und erspürte die große Kränkung, erlitten für die Schuld anderer. Ihre Mutter sprach im Hinterkopf, was sie beim Nähen so oft gemurmelt hatte: *Alles zu verstehen, heißt alles zu verzeihen.*

Sie verbarg ihre Gedanken in einer Schachtel in einer Schachtel in einer Schachtel. Doch es flüsterte: *Alles zu verstehen, heißt alles zu verzeihen.*

»Was war nun mit Maria?« Sie musste sich von sich selbst ablenken.

»Sie hatte schöne Hände. Sehr sogar.« Seine Blicke betasteten ihren feinen Körper wie ein Connaisseur. Es ekelte sie.

»Genauso wie deine.«.

»Hast du einen Fingerfetisch? Du weißt schon, so wie manche Männer einen Fußfetisch haben.«

Er blinzelte argwöhnisch. »Wer bist du wirklich?«

Mit ungeahnter Wucht ließ er sie die Abgründe seiner Augen spüren. Darin stand Abscheuliches geschrieben.

»Du hast mir noch nicht gesagt, was aus Maria geworden ist.«

Die Kreisbahnen im Wohnzimmer gewannen an Fahrt.

»Ihre Hände waren zart. Form in höchster Vollendung«, sprach er. »Finger, die dich berührten, die du aber nie berühren würdest.«

»Hast du sie vergewaltigt?«

Sie presste die Frage unter Schmerzen hervor wie ein Baby aus dem Unterleib. Er bewegte den Kopf verneinend.

»Du verstehst nicht viel von Schönheit, oder? Hände bleiben auch nach einer Vergewaltigung schön.«

»Warum hast du es getan?«

Sie verriet ihren bodenlosen Zorn. Sie war ihm nicht mehr ein Anhängsel, sondern eine Feindin.

»Schmutz zähmt das Sakrale«, sagte er.

Ihre Augen zischten vor Abscheu.

»Ich raubte ihre Schönheit. Beschmutze sie. Entweihte sie. Und befreit mich von allen Forderungen und Anschuldigungen. Dann war ich endlich frei!«

»Ich verstehe nichts von dem Unsinn, den du redest.«

Jedes ihrer Worte schmeckte bitter wie Myrrhe.

»Du bist noch zu jung, um irgendetwas zu verstehen.«

»Versuch's.«

»Niemand sieht das Schöne, sondern wird von ihm gesehen. Es spricht zu uns in Geboten und Verboten. Eine Kette von Imperativen. Du sollst und du sollst nicht. Schönheit kennt nur die Sprache der Befehle und keine andere. Aber niemand versteht das.«
Er raunte wie die See. Die Fähigkeit, das eigene Leben mit gemessenen Zeilen zu berichten, war bereits Linderung. Er deklamierte gedichtartig in den hallenden Hallen seines Herzens, nicht abgehackt wie sonst, sondern wie im Fluss. Sätze wohl gereiht und wohl geformt. Sie war sprachlos. Das Monster war mehr als ein Mensch. Das Ungeheuer war tiefer als sein Wesen. Seine Gedanken waren ein Puzzlewerk, vernetzt bis ins kleinste Glied, wunderlich und wunderschön zu sehen. Er wusste nicht nur, was er sagte, sondern auch, wie sich die Elemente zum Ganzen zusammenfügten.

»Maria war heilig. Weißt du warum?«, fragte er.

Sie bewegte den Kopf von links nach rechts, unwissend, ob ihre Wortlosigkeit dem Zorn oder dem Staunen entsprang.

»Das Heilige ist eine Forderung, getränkt im Leiden. Es hat nichts mit Reinheit zu tun. Rein gar nichts. Die leidende Schönheit ist die wahrhaft Heilige.«

Sie wusste nicht mehr, von welcher Maria er sprach: der Mutter Gottes oder ihrer Mutter. Oder mischte er beide zu einer Person, zur Venus, der weiblichen Schönheit, die thronend über ihm stand und kalten Auges auf ihn herabblickte?

»Maria wurde außerehelich schwanger. Niemand hätte ahnen können, dass ihr Sohn die Welt auf den Kopf stellen sollte. Niemand wollte einen Heiland, der das Kind einer Schlampe war. Also erdichtete man die Jungfrauengeburt. Aus der Hure wurde eine Heilige. Interessant war nur, dass die Fälschung Wahrheit wurde.«

»Wie?«

»Weil es wahr sein musste! Aber das versteht niemand.«

»Ich auch nicht«, sagte sie.

»Wahrheit ist keine Gleichung von Sagen und Sache, sondern ein Imperativ. Wahr ist nicht, worüber wir sprechen, sondern nur, was uns befiehlt. Es gibt nichts, was wahr ist, sondern nur was wahr sein muss.«

Sie schüttelte den Kopf. »Wirres Zeug redest du.«

Er glitt zurück in eine Unerreichbarkeit.

»Was hast du ihr angetan?«

Er blieb stehen und schaute durch seine Spiegelung zum Garten hinaus. »Ich habe ihre Finger gebrochen. Jedes einzelne Gelenk.«

»Wie viele?«

»Neun.«

Sie presste ihre Zähne zusammen. »Bist du nun frei?«

»Frei von Forderung.« Dann fügte er hinzu: »Gekettet an Schuld.« Sie atmete tief ein, und jeder Muskel in ihrem Körper spannte sich.

»Weißt du, dass Schuld und Schönheit in einem verbogenen Zusammenhang stehen? Ich werde nicht lange genug leben, um die beiden zu entwirren.«

»Bestimmt nicht«, hauchte sie das Gift von Schlangen.

Er lächelte verächtlich wie einer, der nicht nur sie geringschätzte, sondern auch sein eigenes Leben. »Du meinst wirklich, du wirst mich töten?«

Ihr Körper war gespannt, zum Sprung bereit. »Du sagst es.«

»Ich zähle darauf«, sagte er von einer großen Ferne her. Er kehrte sich zur Venus und sprach wie im Monolog: »Schuldigkeit ist die einzige Wirklichkeit, die ich kenne. Ich sehe ihre Stirn bedeckt mit frisch geschnittenem Gras. Verzerrt im Schmerz. Selbst dann wollte ihre Schönheit nicht aufhören, mich mit Forderungen zu peinigen. Ihre Finger sollten mich nie wieder berühren. Nie wieder!«

Sie glühte voll von kaltem Hass.

»Weißt du, was Schönheit ohne Forderungen ist?«

»Verrate es mir«, presste sie hervor.

»Ein Gartenzwerg.«

Ein entsetzliches Lachen schallte von den Wänden. Sein fetter Leib wurde zum Instrument und er zum Tenor, der seinen Schmerz durchs Labyrinth dröhnen ließ. Der beißende Schweißgeruch lag über ihr wie eine Wolke.

ABMACHUNG

Vor wenigen Jahren…

Der Hochstapler hatte in Mordgedanken gebadet. Unter ihnen hatte er gelitten wie unter seiner verletzten Eitelkeit, nachdem ihm der Leser die Schneidezähne ausgeschlagen hatte. Er hatte sich ein gebasteltes Messer für teures Geld beschafft. Dann hatte er einen detaillierten Plan ausgearbeitet. Er hatte den Leser beobachtet und seine Abläufe genau studiert. Er hatte Nächte lang nicht geschlafen, um die Schlafmuster seines Feindes zu katalogisieren. Schließlich war der rechte Zeitpunkt gekommen.

Er hatte kalkuliert, dass er eine Sekunde Vorsprung haben würde, bevor der Leser reagieren würde. Wenn er schnell genug war, dann hätte er die Spitze drei- oder viermal in dessen Hals versenken können. Vielleicht genügt das für den entscheidenden Vorteil. Er hatte nur wenig übers Töten gewusst, und das meiste davon war falsch gewesen. Er hatte das Sterben allein aus dem Fernseher gekannt, wo ein einziger Messerstich den anderen binnen Sekunden tötete. Die Wirklichkeit sah anders aus. Beim ersten Treffer begann der Kampf erst richtig. Der Verwundete würde mit so viel Adrenalin überschüttet werden, dass er die Wunde gar nicht spürte. Sogleich würde er in den Verteidigungsmodus umschalten und dann wie ein Tier um sein Leben kämpfen. Ein hässliches Gemetzel mit Beißen und Würgen, alles, was einen Vorteil bot. Und jeder weitere Messerstich würde der Verwundete in seinem drogenähnlichen Rauschzustand nicht bemerken, sondern weitermachen. Genauso hatte er es sich vorgestellt: ein Massaker, das entschieden wurde durch rasende Verzweiflung. *Entweder er oder ich!* Nur ein Überraschungsangriff hätte ihm den geringen Vorteil verschaffen können, um diesen Dschungel zu überleben. Der Leser würde ihn umbringen. Ganz bestimmt.

Er hatte die Situation unterschätzt. Hoffnungslos unterschätzt. Jemanden in einem Streit um Leben und Tod zu erstechen war denkbar, eben weil alles Denken aussetzte. Der geplante Mord war nahezu undenkbar, eben weil er gedacht werden musste. Wer auch immer das tat, betrat das Labyrinth des Minotaurus, die Abgründe des Menschlichen, ohne Wiederkehr aus den verästelten Gängen. Der Hochstapler hatte alles genau bedacht, nur nicht das Adrenalin. Das Wichtigste im Überlebenskampf. Es hatte seine Blutbahnen geflutet und ihn fast bewegungsunfähig gemacht. Er hatte seine Glieder nicht mehr spüren können. Füße und Hände waren taub gewesen. Die Feinmotorik der Finger war verloren gewesen, sodass er sich mehrfach vergewissert hatte, dass das Mordinstrument noch in seiner Hand gewesen war. Seine Sicht hatte sich zum Tunnelblick verkürzt. Alles einen Schritt nach rechts oder links war in einem toten Winkel verschwunden. Alles war langsam geschehen, unfassbar langsam. Jede seiner Bewegungen hatte sich in Zeitlupe ereignet. Seine Wahrnehmung hatte ihre Genauigkeit verloren, denn alles schien viel näher als tatsächlich der Fall. Als er neben dem Monster gestanden hatte, hatte dieses die Augen aufgetan, als hätte er alles geahnt, nein, gewusst, und zwar schon die ganze Zeit.

»Ich werde dich umbringen.«

Sein Mund war aufgeplatzt und hatte zitternd gestottert. »Ich zähle drauf«, hatte der Leser geantwortet und sich zur Seite umgekehrt.

Das wenige Stück Hals zwischen Kopf und Rumpf hatte wehrlos freigelegen. Aber er hätte es nicht getan. Nie getan. Eher in diesem Loch verrecken. Eher sterben. Eher leiden. Alles, nur nicht das. Denn hinter der Tat hatte sich das Labyrinth des Mörderischen aufgetan: Gänge, Verästelungen, Verließe. Der Einblick ins Reich des Mörderischen war schlimmer gewesen als der eigene Tod.

Er hatte das Messer fallen gelassen und war aufs Bett gesunken. Er hatte am ganzen Leib gezittert. Sein Körper war so taub gewesen, dass man ihm einen Finger hätte abschneiden können, ohne dass er es bemerkt hätte, so hoch dosiert war der Adrenalincocktail gewesen. Er war ein Betrüger, mehr nicht. Die Menschen verdienten es nicht besser, wenn sie so dumm waren und auf seine Bluffs hereinfielen. Aber er war kein Mörder. Das waren fünf Stufen über ihm. Dabei war es nicht so, als wären die Stufen zur Hölle gleich weit entfernt. Nein, sie wuchsen exponentiell. Die letzte zum Mörderischen konnte allein mit einem Sprung ohne Rückkehr genommen werden.

Er hatte die Kontrolle über seine Blase verloren und hatte in seinem eigenen Urin gelegen. Doch das hatte nicht mehr gezählt. Er war geschockt gewesen. Ein einziger Blick in die Unterwelt hatte gereicht. Sollte der Leser ihm den Hals zerstechen. Ein Dutzendmal. Dann wäre alles vorbei gewesen. Ein Profi hätte dafür eine Sekunde gebraucht. Im Todeskampf war eine Sekunde eine Stunde. Auch das war nun einerlei gewesen. Im Knast war man immer allein. Hier begegnet man nur sich selbst. Alle Monster waren die eigenen, und die Antworten auf sie die einzige Wahrheit. Der nächste Morgen war mit strahlender Sonne erwacht, und das Messer hatte unter dem Bett gelegen. Das war das Ende der Geschichte gewesen.

»Als Kinder hatten wir doch alle imaginierte Freunde. Deiner hieß halt Homunkulus.«

Der Hochstapler verbarg sich hinter dem blutgetränkten Kopfkissen. Sein Vater hatte ihm davon erzählt, dass imaginierte Freunde bei Kindern nichts Außergewöhnliches waren. Nicht wenige wuchsen mit einem Freund auf, den nur sie sahen und hörten und der nur mit ihnen redete. Wenn man älter wurde, verblasste die Vorstellung und verschwand.

Der Leser brummte. »Ich war nicht jung, und er nicht imaginiert.«

»Schon gut. Schon gut.«

Der Hochstapler sank tiefer in den Sumpf der Gleichgültigkeit. Er verlor das Gefecht gegen die Bilder in seinem Kopf. Furcht hatte die Energie aus seinen Gliedern gesaugt.

Gewalt war die große Offenbarung des nackten Ichs und der knöchernen Realität. Er hatte sein Leben in einem kollektiven Wahn verbracht. Die Westliche Welt war die träumerische Ausnahme in der Geschichte. Gewalt war die Norm und in unserer derzeitigen Gesellschaft die Anomalie. Kultur war fragil und bedroht und stand auf tönernen Füßen. Ein oder zwei Prozent der Bevölkerung, die sich nicht an die Spielregeln des Grundgesetzes halten würden, genügten, um uns alle zurück in die Steinzeit zu katapultieren. Gewalt wirkte! So einfach war das. Alles andere war Lug und Trug, Märchen für eine bessere Gesellschaft. Die Idee der Gewaltlosigkeit war bloße Rebellion der Schwächlinge gegen die Starken, gesät in die Köpfe der Kinder. Wer im Knast zu spät aus dieser Verblendung erwachte, musste dafür teuer bezahlen.

Er wollte zurück in seine Scheinwelt, worin er geschützt war durchs Gesetz, das er gebrochen hatte. Es war die einzige Welt wert, darin zu leben.

»Man spricht, du könntest 250 kg auf der Bank drücken«, sagte er, weil er nicht mehr über erträumte Männchen reden wollte. Er hatte seine eigenen Phantasmen, die ihn malträtierten. Er brauchte nicht noch die seines Zimmergenossen.

»Man redet zu viel im Gefängnis«, sagte der Leser.

Der Mann da kannte keine Arroganz. Dafür war er zu sehr verirrt in Indifferenz. Er hatte die Kraft, um jeden hier zu zerschlagen. Aber darauf bildete er sich nichts ein. Man hatte ihn nie kämpfen gesehen. Zweikämpfe waren unter seiner Würde, ein Gehampel für Anfänger. Er kam, vollstreckte und ging, immer dann, wenn der andere unvorbereitet war. Der Begriff »ehrenvoll« tauchte in seinem Wortschatz nicht auf.

Der Hochstapler fragte sich, ob ein Arzt seine Nase wieder richten könnte. Vermutlich nicht. Nicht wie vorher. Seine Schneidezähne fehlten. Falls er hier wieder herauskommen sollte, würde er mit dem versteckten Geld perfekte Implantate anfertigen lassen. Niemand sollte einen Unterschied feststellen. Der Leser reagierte zornig auf sein Aussehen. Der Hochstapler war ein schöner Mann, einst mit Zähnen wie aus einer Colgate Werbung, einst der Nase eines Bildhauers und noch den Händen eines Pianisten. Er hatte Angst um seine Finger. Der Leser hatte sie bereits seit einiger Zeit ins Auge gefasst. Er wollte sich das Knacken nicht ausmalen, wenn sie brachen.

»Ich weiß, du wirst mich töten«, sagte er gefasst.

Der Leser ignorierte ihn.

»Du hast keinen Grund dafür. Das ist das Gefährliche. Du hast nichts gegen mich. Nicht persönlich. Du willst mich zerstören, weil ich bin, was ich bin. Das verstehe ich nicht, aber so ist es doch, oder?«

Der Leser blickte nicht auf.

»Du willst mir Geld anbieten. Fünf Million. Richtig?«,

Die Frage kam unerwartet wie ein Geschoss. Das war richtig. Genau diesen Gedanken hatte der Hochstapler gehabt.

Er konnte sein Erstaunen nicht verbergen. »Woher weißt du das?«

»Kommt dir nicht alles irgendwie bekannt vor? Wie ein Film, den man schon gesehen hat. Vor vielen Jahren«, sprach er abwesend in einem Monolog.

»Glaub mir, wenn das hier eine Wiederholung wäre, wüsste ich das. Ganz sicher. Den Streifen habe ich bestimmt noch nicht gesehen.« Er räusperte sich. »Hör zu! Ich habe zehn Millionen versteckt. Ich teil es mit dir. Und du lässt mich leben.«

Der Leser schüttelte den Kopf. »Ich will zehn.«

Der Hochstapler schluckte und vergaß seine zertrümmerte Nase für einen Moment. »Sind fünf nicht genug?«, verhandelte er, aber hier wirkten seine Manipulationstechniken nicht.

»Ist dein Leben keine zehn wert?«, fragte der Leser, aber die Antwort schien ihm egal.

»Wenn du mich kalt machst, wirst du nichts davon bekommen.«

»Du auch nicht.«

Das war das letzte Wort. Der Leser versenkte sich wieder in sein Buch über die Morphologie der Zeit. Im Knast gab es kein Entkommen. Der Hochstapler würde stürzen, ganz bestimmt. Unglücklich gefallen, würde es heißen. Dummerweise das Genick gebrochen.

Vor ein paar Tagen hatte ein Knasti aus der Nebenzelle einen Kommentar zu seinem Zimmergenossen gemacht: »Der Schönling ist nicht auf den Kopf gefallen.«

»Noch nicht«, hatte der andere erwidert. Dann hatten sie gelacht, und ihre Gesichter hatten sich zu Grimassen verformt.

»Einverstanden«, sagte der Hochstapler. »Zehn.«

Der Leser ignorierte ihn. Keine Regung. Keine Freude. Nichts. »Weißt du, was Zeit ist?«, fragte der Leser.

»Was? Wie kommst du jetzt darauf?«

»Du hast mich gehört«, sagte er mit einem gefährlichen Ton.

»Keine Ahnung. Jetzt gerade nicht. Meine Nase blutet. Mein Kopf tut weh. Mir ist schwindelig. Ich habe bestimmt ein Trauma. Solange du mich mit solchen Fragen verschonst, weiß ich auch, was Zeit ist. Frag mich später.«

Der Hochstapler stockte. Genau das war die Frage, die den Leser umtrieb. Die und keine andere. Das Labyrinth des Minotaurus war nicht Gänge in verwirrten Räumen, sondern verquere Linien der Ungleichzeitigkeit. Er verstand es zwar nicht, aber es stand ihm direkt vor Augen. Der Leser hatte sich verrannt. Das Monster war nicht anders als alle hier in dieser Hölle: nicht etwa Suchende nach dem Verlorenem, sondern dem, was uns stets verfolgte.

RACHE

Heute Nacht...

»Du weißt, wer ich bin?«, fragte die Tochter.

»Deine Hände verraten dich. Du hast die Hände deiner Mutter«, sagte er unbetont.

»Du weißt, warum ich gekommen bin?«

Er nickte mit der Ruhe eines Elefanten, eines Nashorns, eines Nilpferds, geschützt durch Größe und Gewicht. »Hast du mal indische Dompteure gesehen, die ihren Kopf in den Rachen eines Krokodils stecken und dabei lächeln?«

»Irgendwo im Internet«, sagte sie mit hochgezogener Augenbraue.

Seine Fragen kamen zusammenhangslos und verfolgten doch einen tieferen Sinn.

»Krokodile sehen nur links und rechts. Vorn sind sie blind. Wer den Fehler macht, sich von der Seite zu nähern, hat verloren. Schnapp! Der Reflex wird ausgelöst. Der Kopf ist ab.«

Sie hielt nur Geringschätzung für ihn.

»So ist auch die Zeit. Sie geschieht links und rechts, vorher und hinterher, für das Vor-uns, sind wir blind. Ist es nicht so?«

Er unterschätzt die Gefahr und redet wirres Zeug, sprach sie im Gedanken.

Ihre Arme waren Geschosse, die die Kehle des Gegners pfeilschnell durchbohrten. Erst spritzte das Blut übers Hemd, dann folgte die Reaktion. Das war der Schlangenkopf: ein Blitz, ein Treffer, ein Sieg. Mit dem Stahl am Körper war sie eine todbringende Waffe. Zehntausend Stunden hatte sie trainiert, sich zur Perfektion geschwitzt. Letztlich aber war jedes Messer nur ein Prozent Technik und neunundneunzig Psyche. Sie hatte Tiere getötet: Schweine, Ziegen, Rehe. Erbarmungslos. Mitleidslos. Wer in der Stunde Null vor seinem Gewissen einknickte, hatte verloren. Sollte sie das Ziel verfehlen, würde es schlimm um sie stehen. Ein einziger Schachzug würde alles entscheiden. So oder so.

»Ich wusste, du würdest kommen.«

Sie kniff die Augen zusammen, und die verschmierte Wimperntusche formte sich zur Fratze. »Wie dieses?«

»Du warst schon einmal hier«, sagte er abgewandt wie ein Prophet, der sich nicht irrte, weil alles nicht anders hätte sein dürfen.

»Bestimmt nicht. Das wüsste ich.«

Beide drehten sich über den Ziffern auf dem Fliesenboden gegen den Lauf der Zeit.

»Du wirst sterben«, sagte sie mit emotionsloser Leere, bar von Blutgelüsten, fern von Reue.

»Ich zähle darauf.« Seine Augen waren eisige Hüter geheimer Pforten; Schwellen, die kein Unwürdiger übertreten sollte. »Du meinst, dann wirst du Frieden finden?«, fragte er, als interessierte er sich, aber nicht für sie, sondern allein für die Frage.

»Ich werde dein Labyrinth als Neugeborene verlassen.«

»Ich hoffe, du irrst dich nicht.«

»Lass das meine Sorge sein.«

Er war das Böse, das ihre Mutter erlitten hatte. Keine Operation konnte die Finger wieder geraderichten und nichts den Schmerz lindern.

»Wusstest du, dass ein Labyrinth eine Frage in einer Frage in einer Frage ist? Im Mittelpunkt wird dir keine Antwort gegeben.«

»Was denn?«

Sie blieb stehen. Er blieb stehen.

»Im Zentrum stehst du allein vor dir selbst und musst antworten.«

»Das ist des Rätsels Lösung?«

Er nickte. »Du selbst bist die Frage und die Lösung.«

REINHEIT

Vor dreiunddreißig Jahren...

Ihr ungebrochener Schrei hüllte den Garten in ein Vakuum. Wenn die Lautstärke überhandnahm, glich sie der Stille. In beiden war man taub. Maria, des Nachbarn Tochter, war ein körperloser Schrei geworden wie das überirdische Lächeln von Beatrice in Dantes *Paradiso*. Ihr Leib gehüllt in intensiver Lebendigkeit. Nur war sie kein Teil der Welt mehr, gleich einer Toten, entfremdet durch Abwesenheit, außerhalb des Zeitflusses.

Der zweite Finger brach. Der fette Junge von nebenan entlud seinen Zorn, seine Scham und Schande mit animalischer Gewalt. Dick und kräftig türmte sich sein Körper auf ihren Brustkorb und drückte sie in den Schlamm. Er war der Junge mit dem Stierkopf, der seine Opfer bei lebendigem Leib verzehrte. Er zerquetschte ihre Finger, doch sie ließ sich nicht berühren, sondern ihre qualerfüllte Schönheit berührte ihn, in Geboten und Verboten sprechend: *»Du wirst nicht...!«* Aber er tat es doch! Sie selbst war enthoben und erhoben, wie desinkarniert, verherrlicht in Agonie. Nichts in ihrem Schrei richtete sich auf ihn, gegen ihn, bemerkte ihn nicht einmal, schallte durch ihn hindurch und hinüber in ein Reich ohne Anfang und Ende, wo ihn ein endloses Echo in der dritten Person Singular anklagte, weil er keines Dus mehr würdig war. Das Gewicht einer steinernen Tafel presste auf seine Brust mit Forderungen, die kein Mensch ertragen konnte.

Sein Zorn glühte. Er verdrehte den dritten Finger in eine unnatürliche Richtung mit einem Knicken, mit einem Knacken, unerträglich fürs Ohr. Im Hintergrund erschallte der Glockenschlag von Großmutters Standuhr. Von nun an würden sich alle Stunden nur um diese eine drehen, gekrümmt in ewiger Wiederholung. Ihre Schönheit machte ihn unwürdig. In ihr spiegelte er sich selbst und hässlich. Zorn und Verlangen brühten einen teuflischen Trank. Hinter jedem schönen Bild lugte der dunkle Wunsch, der Schönheit die Gurgel umzudrehen. Das Schänden und die Schande sollten ihren Schmutz entfalten und ihn freisprechen von allen verfluchten Forderungen.

Ideen starben wie Menschen: niemals leicht, stets verzweifelt und nur durch Schock.

Sein fetter Leib schwitzte im Wahn von Willen und Verlagen, gepeitscht von einer bösen Freiheit, die er nicht mehr beherrschte. Das Sakrileg versprach Befreiung. Die Blasphemie von Schmutz auf dem Schönen war der Ausweg. Kot auf den Altären verekelte die Götter. Maria erduldete das Kreuz bis zum neunten Finger, dann beendet ein Spatenschlag gegen den Hinterkopf ihren Leidensweg.

Der dicke Junge erwachte in einer Zelle mit verbundenem Kopf. Es war bereits Nacht. Er erinnerte alles und bereute nichts. Nie wieder würden ihre schönen Hände ihn berühren. Nie wieder! Ihm war schwindelig und übel. Er schlief wieder ein. In tiefer Nacht erwachte er und hörte den *Kling-Klang* der Narrenmütze, als wehte der Wind in dem verschlossenen Raum.

»Herr Homunkulus?«, fragte er leise.

Das Männchen mit der schwarzweißen Maske trat aus der dunklen Ecke hervor ins Mondeslicht. Größer als ein Zwerg, kleiner als ein Kind. Das Männchen war gekommen, als hätte er es aus seinen Träumen herausgerufen und in seine Wirklichkeit hineinbeschworen. Der Homunkulus war weniger eine Illusion als ein Bote. Das Männlein schüttelte vorwurfsvoll den Kopf, und die Glöckchen heulten mit hohen Tönen in der Zelle. Der dicke Junge ahnte um die Hölle, die er sich selbst geschaffen hatte. Das Männchen legte die Kette mit der Uhr aufs Bett, kehrte sich um und verschwand in der dunklen Ecke. Es zog sich ungesehen die Narrenmaske herunter und ließ sie zu Boden fallen. Der Junge sprang auf, aber der Homunkulus war schon fort. Dem Jungen wurde wieder schwindelig. Er setzte sich aufs Bett.

»Die Uhr ist stehengeblieben!«, rief er dem Männchen hinterher. Aber das war schon fort. Die Ziffern standen unbeweglich fest auf zwei nach zwei.

Der Junge setzte sich die schwarz-weiße Maske über seinen Stierkopf und zog sich die Narrenmütze übers Haar. Sie passte wie maßgeschneidert. Sein Inneres kehrte sich nach außen. Die Glöckchen läuteten *kling-klang-klitsch* hinter der Fratze der Getäuschten und Enttäuschten, der Höllenbewohner und Verlorenen. Er zog die Maske wieder herunter, nur löste sie sich nicht.

»Herr Homunkulus!«, rief er verzweifelt. Sein Ausruf fiel von den Wänden auf ihn zurück.

Aus der Ecke flüsterte es: »Erlöse die Zeit!«

SCHLANGENKOPF

Heute Nacht...

Sie hing am Ende seines Armes, gewürgt zwischen überdimensionalen Fingern, schwitzend feucht. Schweißgeruch stach ihr in die Nase. Solche Schnelligkeit hatte sie seinem bulligen Körper nicht zugetraut. Sie war von der Seite auf ihn zugeschossen und hatte damit den fatalen Fehler der Krokodildomteure begangen. Er hatte zugeschnappt, als hätte er den tödlichen Stoß vorausgeahnt. Ihr wurde es schwarz vor Augen. Ihr Messer hatte den Hals verfehlt und steckte in seinem massigen Oberarm. Das spürte er nicht. Sollte er die Finger schließen, würden ihre Lichter erlöschen. Endgültig. Das war ihr einziger Zug gewesen. Spiel vorbei. Schachmatt. Das geschändete Leben ihrer Mutter würde ungesühnt bleiben. Sie hatte ihn in allem unterschätzt. Sie hatte ein Tier erwartet und kein beredtes Biest, das über das Ästhetische und Sakrale referierte. Er war kein Klotz, sondern schnell wie ein Krokodil.

»Wie ist dein wirklicher Name, Tochter?«, fragte er.

»Thesea«, keuchte sie.

»Ein schöner Name.«

Sie fiel in seine Augen wie in Abgründe, worin sich Gewalt und Schmerz zu Säure mischte, überschritt die Schwelle und stürzte ins Bodenlose.

»Herr Homunkulus?«, sagte der Leser überrascht, als hätte er jemanden hinter ihr erblickt.

Sie konnte den Kopf nicht drehen. Es fehlte die Luft zum Atmen. Ihre Ohren sausten mit Winden, doch hörte sie Glöckchen, viele davon, die man wohl vernahm, bevor das Bewusstsein schwand.

Homunkulus zog die Maske herunter. Der Leser erschrak. Wurde bleich. Wurde matt. Doch hatte er es schon immer geahnt, aber nie ausgesprochen. Homunkulus war er selbst, nur in klein, in sehr klein. Das Ich in Miniatur mit kahlem Kopf und denselben Tätowierungen im Nacken. »Nun kennst du mich. Nun kennst du dich«, sprach das Männlein. Er hatte diesen Satz schon einmal gehört. Viele Male. Nur hatte er ihn verdrängt. Vertauscht. Verkehrt. Die Standuhr seiner Großmutter schlug dieselbe Stunde wie zahllose Male zuvor und zahllose Male hernach. Homunkulus ließ die Maske fallen. Die Mütze fiel klirrend zu Boden.

»Herr Homunkulus!«, rief er ihm nach.

Aber der war schon verschwunden. Sein Stimmchen flüsterte: »Erlöse die Zeit!«

Tausendmal zuvor hatte die Tochter am Haken seiner unbarmherzigen Hand gehangen. Bläulich angelaufen, mit gebrochenem Halswirbel, bewegungsunfähig, aber vollen Bewusstseins erstickend. Tausendmal hatte sich der Schraubstock geschlossen und das letzte Licht ausgelöscht – in ihr und in ihm.

Er erblickte sie wie ein Blinder, der zum ersten Mal die Herrlichkeit der Natur erspähte. Verblendet seit jener Stunde, als im Nachbarsgarten die Dunkelheit über ihn gefallen war. Ihre verschmierten Konturen waren venusartig, Abbilder von einem Dahinter. Form, Farbe und Figur wirkten zusammen zu einem Bild. Zu schön, um es zu berühren. Zu schön, um nicht berührt zu werden. Ihre Hände waren exquisit, lang und dünn, makellos fein, unberührbar fern. Sie ließ sich bedenken, betrachten, bewundern. Mehr nicht. Und das war genug. Eine Ewigkeit war vergangen gewesen, seitdem er etwas Schönes erfühlt hatte ohne das Verlangen, es zerstören zu wollen. Er konnte ihr jedes Gelenk zerbrechen, aber sie nie berühren. Nie! Sie allein berührte ihn, und das kitzelte wie ein Staunen.

Stimmen ertönten, die ihm geboten und verboten, um ihn sanft ans Schöne heranzuführen, damit er es nicht beschmutzte, es ja nicht zerquetschte. Sie sprachen weich und weiblich, nahmen ihn bei der Hand, führten ihn behutsam wie über den schüchternen Körper einer Frau. *Du sollst nicht stehlen… Du sollst nicht begehren… Du sollst nicht lügen…* So flüsterte es von Geboten zu reimenden Verboten hin zum Eckstein, Grund aller Gründe: *Du wirst nicht töten!* Er horchte, sah und lächelte, wäre eher gestorben, als seine Faust zu schließen. Das Schöne war allein im Sollen schön.

Er verschmähte Gnade, wollte Gerechtigkeit; sie allein würde ihn aus dem Labyrinth führen. So öffnete er seine Hand und erlöste die Tochter, um ihn zu erlösen. Er ließ sie fallen. Sie schnappte nach Luft. Hinter der verschmierten Schminke erschien Maria, ihre Mutter, über den nassen Rasen tanzend. Seit damals hatte er nichts Schönes mehr gesehen, ihm zum Fluch und zur Verdammnis. Das war ihre Chance, sich selbst das Leben zu retten, das er ihr nicht mehr rauben wollte, und ihre Mutter zu rächen, die bereits ein Leben lang und länger gerächt worden war. Sie zog ein zweites Messer aus dem Stiefel, sprang und stach zu. Zwölfmal sank der Schlangenkopf in seine Kehle binnen einer Sekunde. Ihre Augen waren Engelsglanz: kalt und schön, darin das Feuer der Dämonen, schrecklich zu schauen, gerahmt in einem Elfenbeingesicht, mehr geformt als gelebt, das Antlitz einer Göttin, fern und voll von gleichgültiger Grausamkeit. Er sah sie von vorn, nicht zeitlich versetzt, nicht vorher und nicht nachher. Die Zeit war erlöst. Blut sprudelte aus der Kehle und ergoss sich in Bächen. Ihm wurde schwarz vor Augen, während ihre Hände zart und lang vor ihm schwebten. Niemand, der um das Schöne wusste, war jenseits von Erlösung.

Sein monströser Körper strauchelte rückwärts ins Regal, stürzte und wurde unter Schnickschnack begraben. Er brach zusammen. Er röchelte. Hielt sich den blutenden Hals. Mit der wenigen Luft, die ihm geblieben war, rief er nach seiner Mutter, dann nach Maria, der Nachbarstochter und der Madonna, beide verschmolzen im Bild der Venus an der Wand. Im Angesicht des Todes wurden Helden zu Heulern. Zwanzig endlose Minuten verstrichen in seinem hechelnden Todeskampf, und ihr fehlte die Kraft zum Gnadenstoß. Wenn das Leben die Augen verließ, kam man nicht umhin, an die Existenz einer Seele zu glauben. Bilder ließen sich vergessen. Gerüche und Geräusche des Todes aber ätzten sich ins Gedächtnis. Sein Blut roch süßlich schwer mit einem Geschmack von Kupfer. Es würde ihre Nasenhöhle nicht mehr verlassen. Auch sein Keuchen blieb zu hören, als er schon längst nicht mehr war.

Sie zog das erste Messer aus seinem Arm, das zweite aus seinem Hals und verwischte die Spuren. Sie wurde von einem erhabenen Gefühl überwältigt. Sie war wie befreit in einer nie gekannten Ekstase. Von nun an würden die Stimmen schweigen. Sie kehrte sich zum Gehen. Auf dem Boden lagen eine Maske und eine Kappe, die dort zuvor nicht gewesen waren. Sie beugte sich nieder und fand auch ein Stück Papier. Ein Pergament. Feucht. Wie gekaut. Wie ausgespuckt. Alt, wie aus einem mittelalterlichen Buch. Darauf stand ein Name geschrieben. *Gernot Mayr-Rink.* Der Name des Lesers. Der Name, der sie ihr ganzes Leben begleitet hatte. Die Schrift bestand aus den strengen Majuskeln der Lateiner. Wie die Überschrift über einer Tür, einem Tor, einer Zelle. Ein Labyrinth war eine Frage in einer Frage in einer Frage. In seinem Kern wurden keine Antworten gegeben, sondern gefordert. Und was auch immer wir sagten, war unsere tiefste Wahrheit. Die Glöckchen läuteten fein mit vielen Stimmchen. Unaufhörlich und von überall her. Immer lauter. Immer länger. Darin auch die des Lesers:

Homunkulus ist unser eigenes Geschöpf, nicht imaginiert, sondern heraufbeschworen. Er kennt nur die Eingangstür durch uns hindurch.

TARAS

Im Zirpen der Grillen, langweilig lang und lautlos leise, gleite ich, von allem gelöst, in das Summen des ewig Selben.

SPHÄRENMUSIK

Mein Name ist Taras, Sohn des Pluteus, genannt der Rastlose.

Dies war sein erster Satz, dann verschluckte sich die Zunge am Unaussprechbaren. Die Papyrusrolle streckte sich über das Schreibpult, groß und tiefenleer, mit Scheu vor Tinte. Sein Schreiben war Kleckserei, ein Lichtlein, eine Fackel unter Sternen, mehr nicht. Er reihte Silbe an Silbe, doch der Papyrus wies ihn zurück. Er las, horchte dem Wortlaut, strich ganze Sätze, hielt inne, atmete schwer unter einer Last, starrte in die Öllampe, bis Lichtkreise die nächtliche Kammer füllten, fühlte Verzagtheit den Rücken hinaufkrabbeln und sich würgend um den Hals legen, er schüttelte sich, fasste neuen Mut und suchte weiter.

Das Zirpen der Grillen tränkte den Raum bis unter die Decke. Er bemerkte sie, als ob zum ersten Mal, als hätten sie nicht schon immer

Laute gemacht. Das Segelschiff verschwand am inneren Horizont. Er eilte ihm nach, verzweifelt, es schriftlich einzuholen. Er war der Echofänger wehender Segel, der Urtonjäger des Nachhalls. Alles war erlaubt, solange er den einstigen Klang noch einmal einatmen durfte.

»Taras?«

Er blickte auf. Sein Ordensbruder trat in die Kammer. »Aristeas? Bist du das?«

»Ich bin es. Ich will hinaus in die Felder gehen, um dem Kosmos zu lauschen. Willst du kommen?«

Das Segelschiff verschwand ihm hinterm Horizont. Er besaß heute Nacht nicht mehr die Kraft für neue Zeilen.

»Ich komme dich begleiten, Aristeas.«

Sein Bruder trat an ihn heran, so nahe, dass dessen Duft ihn umspielte, nahm sein Kinn und betrachtete ihn von allen Seiten. Seine Finger schraubten sich in den Kiefer und machten Taras' Hals bewegungsunfähig.

»Die Zeit auf Syrakus hat dich altern lassen, lieber Taras.«

»Es ist nur der schwache Schein der Lampe, Aristeas.«

»Mehr als das«, sagte der andere nachdenklich.

»Vielleicht habe ich auf meiner Reise mehr Jahre gesehen als gelebt.«

»Wunderlich«, sprach Aristeas.

Sie verließen die Gemeinschaft der schlafenden Brüder. Der Mond leuchtete ihnen den Weg zum Bach beim Feld, dort, wo sich die Sterne auf dem rennenden Wasser spielend spiegelten und sich Taras den Fuß an einem Felsen gestoßen hatte. Der Zeh war verheilt, aber der Nagel war verkümmert und mit einem Riss darin. Oft waren sie nachts in die Felder gerannt, zu ihrem Fenster zum Kosmos. Sie hatten im Sommer und im Schnee gestanden, im eisigen Bach gebadet mit den Ohren droben. Staunend waren sie den Kreisbahnen der Planeten gefolgt, bis die Kälte sie zurück ans Lagerfeuer trieb und sich der Rauch an ihre Gewänder hängte. Glückselig waren jene Stunden, die dem Taras nun verblassten.

»Ich höre sie, Taras!«

Er umarmte das Bild des großen und schönen Aristeas, stehend im Sternenlicht, umspült von der Stille der Grillen. Er wollte ihn halten, wie die alten Männer im Symposium die Jungen, bevor sie sich an ihnen rieben. Letzteres sollte nie geschehen. Niemals! Seine Hände auf Aristeas' Haut mussten unbefleckt bleiben. Seine Liebe würde keine Erwiderung finden, denn dieser da begehrte die Reinheit der Statuen und den Taras allein in Versteinerung.

»Was hörst du, Aristeas?«

»Die Sphärenmusik. Hörst du sie denn nicht?«

Er blieb still. Aristeas schöpfte Verdacht. »Taras?«, fragte er verwundert.

»Was begehrst du zu wissen, mein Bruder?«

»Hörst du sie nicht auch?«

Taras stritt mit der Wahrheit und zerriss an seiner Ehrlichkeit. Würde er es ihm zuliebe sagen, wie er auch alles zuvor der Liebe wegen getan hatte? Nie hatte er die Sphärenmelodie vernommen, sondern allein sein Herz im kosmischen Widerhall.

»Aristeas, ich kann sie nicht hören.«

Die Sphärenharmonie ertönte nur den Eingeweihten. Ihre Melodie umgab uns bereits im Mutterleib. Darum hörten wir sie nicht. Das Ohr vernahm nur Unterschiede. Selbst der Schmied hörte Hammer und Amboss nicht, sondern die Stille, wenn sein Werkzeug ruhte.

Aristeas lachte heiter und sprach: »Du wirst sie schon noch hören. Konzentriere dich recht, dann wird es gelingen.«

Aristeas war in die Gemeinschaft hineingeboren und kannte nichts als die Harmonie der Zahlen. Taras beneidete ihn, denn in seinem Freund leuchteten die Lehren des Pythagoras am hellsten.

»Ich zweifle, Aristeas«, sprach er karg.

»Woran nur, Taras?«

»Dass ich sie je wieder hören werde.«

»Sorge dich nicht, vertraue nur. Der Kosmos spielt eine liebliche Melodie, und wir haben sie viele Male vernommen. Klar und deutlich.«

»Aristeas, es ist mehr als das.«

»Was ist es, Taras? Du bist sonderbar seit deiner Rückkehr. Sprich doch.«

»Ich zweifle, dass ich je etwas gehört habe.«

Aristeas war sprachlos. Entsetzen, Empörung und Erschütterung verquickten sich. »Taras!«

»Verzeih mir, Aristeas, aber ich glaube nicht, dass ich die Sphärenmusik je gehört habe.«

Aristeas verharrte apathisch, als hätte sein Bruder ihn verraten, und nicht nur ihn, sondern den herrlichen Pythagoras und den Kosmos obendrein.

»Ich glaube nicht länger, dass die Sphärenharmonie existiert.«

Aristeas pustete empört, griff einen Stein auf und schleuderte ihn fort. Sein Surren schnitt durch die Luft. »Hörst du das nicht?«

»Doch Aristeas, ich höre den Stein.«

»Wie kannst du dann behaupten, dass die Planeten lautlos im Kosmos kreisten, wenn selbst ein Stein nicht geräuschlos fliegt?«

Taras wurde regungslos, und sein Freund hing an seiner Silhouette. Taras hielt den Atem an, behielt ihn in sich, bis ihm schwarz vor Augen wurde, denn wenn er die Unbeweglichkeit einer Statue verkörperte, erkannte sein Freund ihn, und nur ihn allein, und der Kosmos schrumpfte auf ein steinernes Bild, in dem er gesehen und erregt war. Das war Aristeas' Untugend, verborgen unter den Brettern seiner Kammer, wo er kleine Statuen versteckt hielt. Er begehrte die Reinheit der unbeweglichen Form, ohne Geschmack, Farbe und Ton. Bewegung war dem Schönen abträglich, sie nahm mehr als sie gab. »Mein Agalma!« hatte er Taras, dem Versteinerten, hundertmal ins Ohr geflüstert: »Meine Statue!« Und Taras war erbebt, weil er erkannt ward, wie er erkannt werden wollte.

»Er selbst hat es gesagt!«, rief Aristeas.

Mit diesem Ausspruch riefen die Pythagoreer die Autorität des Meisters, des herrlichen Pythagoras, herbei: *Er selbst hat es gesagt!* Darin ruhte das Antlitz des Göttlichen, und aller Zweifel erlosch.

»Verzeih mir, Aristeas!«

Sein Bruder lief fort. Taras kehrte zurück zu seiner Kammer, entzündete die Lampe, tränkte den Stift in Tinte und schrieb.

Vor einem Jahr begab ich mich auf die Reise nach Syrakus. Vor vier Monaten kehrte ich zurück nach Kroton zum Orden meiner Brüder.

Er wollte zurück aufs Schiff, immer nur aufs Schiff, das am Horizont in der ertrinkenden Sonne brannte. Worte waren widerborstig und willfahrten ihm nicht. So kleckste er, machte Striche und zog Linien, Bögen und Kreise, die aus dem Geschmiere ein Gesicht mit dunklen Zügen an die Oberfläche brachten, zunehmend scharf, Augen unter dunklen Höhlen, klar umrissen, buschigen Brauen, tiefen Mundwinkeln, gefalteter Stirn, hervorstehenden Wangenknochen und Haaren schlohweiß. Die Tiefen der Tinte hatten das Bild freigegeben.

»Der Bootsmann«, flüsterte er bebend und schlief darüber ein.

BOOTSMANN

Vor vier Monaten ging ich an Bord, um meine Rückreise nach Kroton anzutreten. Mein Bruder Philemon begleitete mich zum Steg...

»O Taras, hütet euch vor den Mahlzeiten an Bord. Man mischt ihnen Bohnen bei«, warnte ihn der alte Philemon mit zahnlosem Lächeln. Viele Winter würden ihm nicht mehr bleiben.

»Sie wissen es nicht besser, o Philemon. Wir Pythagoreer essen weder Bohnen noch Fleisch. Eher stürben wir.«

Taras Lachen knackte wie zertretene Hülsenfrüchte.

»Habt ihr auch Wein in euren Wasserschlauch gemischt, o Taras? Ihr wisst doch um euren schwachen Magen.«

Taras legte dem älteren Ordensbruder die Hand beruhigend auf die Schulter. »Es wird diese Reise auch ohne gut gehen.«

Die Pythagoreer gingen gemächlich zwischen den Schiffen des Hafens. Der alte Philemon war nicht mehr gut auf den Beinen, sodass Taras seine Schritte bremsen musste.

»Ihr habt den besten Bootsmann für eure Heimreise gewählt, o Taras.«

»Wie dieses, werter Philemon?«

Das Schimpfen der Möwen und das Rascheln der Palmen begleitete sie.

»Die Leute behaupten, er sei der Fährmann des Hades, der die Toten übersetze.«

»Ihr scherzt, o Philemon!«

»Mitnichten, o Taras. Manche meinen, er könne den Styx nach Belieben überqueren. Wieder andere flüsterten, er sei nie geboren und werde nie sterben.«

Taras rollte die Augen, runzelte die Stirn und schaute auf den alten Bruder herab wie auf einen törichten Jungen.

»Gerüchte kursieren, wonach er mit den Stürmen verkehren soll. Wieder andere Stimmen behaupten, er allein kennte den Pfad am Cerberus vorbei«, sprach der Alte sich in einen Rausch hinein.

Taras blieb stehen. »Bruder Philemon, das sind doch Ammengeschichten für die Einfältigen, meint ihr nicht?«

Die »Einfältigen« war die abfällige Bezeichnung für die uneingeweihten Leute, die den Mythen und deren Göttern anhingen, ihnen huldigten und Opfer darbrachten.

»Vermutlich habt ihr recht, aber das Volk glaubt daran.«

»Teurer Philemon, womöglich wollt ihr mir noch erzählen, der Bootsmann könne auf dem Wasser wandeln.«

Beide lachten so herzhaft, dass dem Alten die Tränen in den Augen standen. Seit Monaten plagte Taras das Heimweh und die Sehnsucht nach dem Orden, den philosophischen Diskursen in der großen Halle und nach Aristeas, dem Bruder seiner Seele. Er konnte nicht länger warten, den göttlichen Pythagoras wiederzusehen und dessen Orakelsprüche zu lauschen, die den Schleier vor den Augen lüfteten. Keiner besaß Worte des Lebens wie der Meister.

Taras hatte vor zehn Jahren seine Familie verlassen, um dem göttlichen Pythagoras zu folgen. Seine Mutter hatte ihn gewarnt. Sein Vater hatte ihn gehindert. Als er aber den schönen und großen Aristeas im Lehrsaal erblickt hatte, hatte er sein Handwerk niedergelegt und war nie mehr zurückgekehrt. Er hatte sich die Armut erwählt, um der Harmonie der Zahlen in allem und jedem beizuwohnen. Die Lehre besagte, dass alles Zahl war. Aus ihr ging alles Seiende hervor. Sie war nicht allein Maß der Dinge, sondern Urgrund, Prinzip aller Prinzipien, die Schultern des Atlas. Wer die Lehren des Meisters ergriff, wandelte im Einklang mit den Zehn Planeten, umspült von der ewigen Ataraxie, der Seelenruhe für die Dürstenden.

»Mögen die Götter euch wohl gesonnen sein, o Taras.«

»Lieber Philemon, ihr wisst doch, dass ich nicht an die Götter glaube.«

»Ah«, stieß der Alte aus, »woran glaubt ihr dann?«

»Ihr seid vergesslich geworden.«

Taras schüttelte tadelnd den Kopf. Der alte Philemon war grenzenlos freundlich, aber ebenso gedankenverloren.

»Ihr müsst einem alten Mann verzeihen. Der Lebensabend ist eine Pein. Allein die Liebe zur Weisheit hält mich jung«, sagte er und kicherte jungenhaft.

»Ich glaube an die Harmonie des Kosmos und an die Zahl, die alles schenkt und lenkt. Alles Wirkliche ist Zahl.« Nach einer Pause fügte er mit Pathos hinzu: »Und ich glaube an die Auferstehung der Seelenwanderer.«

»Oh ja, teurer Taras, die Zahl! Die Götter wohnen auf dem Olymp. Wo aber ist die Zahl zu finden, von der ihr sprecht?«

»Überall.« Taras Stimme hob sich ehrfurchtsvoll. »O Philemon, sie ist in mir, sie ist in euch und in jedem Stein unter euren Füßen.«

»Auch in diesem da?«

»Aber sicher. Die Zahlen sind in uns und in den Dingen. Wie sonst würden wir sie erkennen? Wird Gleiches doch nur vom Gleichen ergriffen, oder meint ihr etwas anderes?«

»Doch, o Taras«, pflichtete Philemon bei. »Nur so kann es sich verhalten.«

Nach einer Weile trudelnder Gedanken fragte der Alte: »Sprecht mir nur, o Taras, wie es sein kann, dass der herrliche Pythagoras zehn Planeten lehrt, wenn das Auge nur neun wahrnimmt?«

»O Philemon, wisst ihr nicht, dass die vollkommene Zahl die Zehn ist. Die und keine andere. Auch der Kosmos ist vollkommen, oder denkt ihr etwas anderes?«

»Genau das glaube ich, o Taras.«

»Dann kann es auch nicht anders sein, als dass es zehn Planeten gebe und nicht neun, oder meint ihr nicht?«

»So muss es sich verhalten. Wo aber finden wir diesen zehnten Planeten, wenn wir ihn doch nicht sehen?«

»Der zehnte ist die Gegenerde. Diese ist unsichtbar, weil sie auf der abgewandten Seite der Sonne kreist.« Der Alte nickte ehrfurchtsvoll. »So muss es sein, o Taras, und nicht anders. Ihr habt recht gesprochen.«

Taras lächelte. Philemon war senil geworden und sprach nur noch die letzte Meinung nach. Er war leicht zu überzeugen und vergaß schnell. Im Alter huldigte er seinem Kinderglauben mehr als dem *Nous*, dem leuchtenden Verstand, Wohnstätte des Logos. Der Greis kraxelte innerlich wieder den Olymp hinauf, den er als kräftiger Mann hinter sich gelassen hatte, und wurde wieder zum Kind mit kindischen Einbildungen.

Das Meer rollte in den Hafen und schlug gegen die Planken der Boote und den moosbewachsenen Steg. Taras stolperte, als er das Schiff bestieg, suchte nach Halt und ergriff einen Arm. Das Herz stockte ihm, als er in die Augen des Bootsmannes stieß, eine Handbreite weit entfernt. Die Wasser der Styx flossen darin. *Diese Augen!* Sie schauten hindurch, als kannten sie jedes Atom, und nichts war ihnen fremd. Die apollinischen Reden des göttlichen Pythagoras entzückten und entrückten, diese Blicke aber sprachen Schriftrollen. Taras hätte nahezu sein Gleichgewicht verloren und wäre vor dem Bootsmann auf die Knie gesunken. Dieser Mann da war ein Lebender unter den Toten, der Fährmann der Styx, der gesehen hatte, was noch keiner zu Gesicht bekommen hatte.

Taras wurde kalt. Eine Hintertür im Kosmos ward aufgetreten und eisige Luft mischte sich unter die Harmonie. Er nahm seinen Platz unter den anderen Reisenden ein und winkte abwesend dem Philemon Lebewohl.

Stumm und umweht vom Geheimnisvollen, den Geist am Horizont entfesselt, das Ohr im Meer versunken, so war der Bootsmann. Seine Blicke unter den Schatten der Stirn waren wie die mit Kohle nachgezeichneten Augen der Ägypterinnen, allsehend und den Göttern ähnlich. Sein Leib war welk und gelb gebrannt vom Sonnentanz der Meere, als wäre der Wagen des Helios neben seinem

Schiff in die Ägäis gestürzt und hätte seine Haut verdorrt. Sein Mund dünn und verriegelt. Er war nicht alt, sondern im Nu Dekaden gealtert. Nicht die Winter hatten seine Blüte genommen, sondern der Blitz des Zeus, worin man Äonen erlebte, aber nicht überlebte.

Ich schreibe vom Bootsmann wie von der Sonne, mit kochender Tinte und sengendem Stift.

RUMPF

Die Psyche erduldete nur ein begrenztes Maß. Zu viel hat sich auf der Reise übers Meer zugetragen. So geschah es am zweiten Tag, dass…

Megas! Megas! Megas! trommelte es in seiner Brust. *Groß! Groß! Groß!*

»Ein Ungeheuer!«, schrie es in Taras, ohne einen Ton über die Lippen zu pressen.

Die Tiefen der Ägäis gaben die Wirklichkeit preis. Eine Schwanzflosse von der Länge eines Schiffs hatte die Wasseroberfläche zerschnitten, als er geistesabwesend den Horizont entlang baumelte, wo die Sonne ertrank. Die Reisenden schliefen bereits, ihre Mägen voll von schweren Bohnen, die er wie das Gift von Vipern mied. Er allein hatte es gesehen, dieses… Ja, was?

In den tiefen Wassern hauste ein Meeresungeheuer, das den Erzählungen des Kaufmanns aus Judäa glich, jenem wirren Mann, den die Einwohner Krotons *den Juden* nannten. Er verbrachte mehr Zeit mit Schriftrollen als mit seinem Laden. Erst wenn seine Frau schimpfte, löste er sich und widmete sich den Kunden. Selten interessierte er sich fürs Geschäftliche, sondern sprach Unsinn von Prophetien und dass nur ein Gott sei, weswegen ihn die Einheimischen auslachten. Das tat seinem Gefasel keinen Abbruch.

Taras fiel zu Boden, gepackt von Klängen so anders als die Sphärenmelodie, die er so viele Nächte mit Aristeas erhascht hatte. Es war kein geordnetes Spiel der Lyra, die den Äther in messbare Längen schnitt, sondern das stumpfe Messer einer Flöte, roh und rau, ein Ineinanderfallen von Unzertrennlichem, schön zu hören wie ein

Rauschen. Darin verband sich ihm die Welt auf nie zuvor dagewesene Weise, als schnürten Seile alles mit allem und jeder mit jedem, und Taras erspürte sie, jedes einzelne, zwischen ihm und dem Ungeheuer kreisend unterm Rumpf, ihm und den Reisenden, bis hinein in den Kosmos, der sich seiner entzog.

Ein Schiff war eine Nussschale, und der Mensch darauf stand auf wackeligem Grund. Ein einziger Hieb dieser gewaltigen Schwanzflosse würde sie alle hinabreißen, ohne einen Überlebenden, der Zeugnis gab. Taras spürte das Monster, wie er von ihm gespürt wurde. Dessen Nähe umschloss seinen Leib wie die Arme eines Tintenfisches, verband sich mit seinem Herzschlag und dann mit allem und jedem. Er spürte die Schlafenden. Er streckte sich über das Meer zu Aristeas und fühlte ihn als Statue aus Kalkstein. Es hallte in seinem verzurrten Torso, aber nicht melodisch, sondern kakophonisch. Es war nicht das selige Singen der zehn Planeten, sondern schmerzhaft schrill wie die Geburt eines Kindes mit verklumptem Blut der erschöpften Mutter auf der Erde.

Die geheimen Lebensgeschichten der Reisenden brannten sich wie die Sonnenstrahlen im August in seine Kehle. Er konnte sie spüren: in jenem der verlorene Sohn, in dem da die Ängste des Hades, in ihr da die Leere der Ehe. Das Verborgene sprach zu ihm aus der Tiefe, und das Meeresungeheuer zog seine Bahnen wenige Meter unterm Rumpf und verknotete sein Herz. Der Herzschlag aller pochte in ihm außer der des Bootsmannes, ein Toter unter den Lebenden.

Taras lag gelähmt in Furcht. Er drückte sich die Handflächen gegen die Ohren, um das wilde Strömen zu unterdrücken. Er rang damit, die Wogen in ihm zu beschwichtigen, die sich nicht glätten ließen. Das Schiff setzte die Reise ahnungslos fort, und er saß zwischen Fässern, den Geruch von Fisch und Oliven in der Nase. Er riss sich los und rang um seine Stimme, damit er die Unwissenden warnte. Aber er war stumm, überwältigt vom Erhabenen, an welches nicht einmal die Worte des göttlichen Pythagoras heranreichten. Geschnürt und gebunden war ihm die Kehle.

Sollten sie doch schlafen. Es war besser, träumend in den Hades hinabzufahren. *Beim Zeus!*, an den er nicht glaubte, was hätten sie auch zu tun vermocht? Sie mussten sich der mächtigen Flosse beugen, willig oder nicht, das war einerlei. Er lehnte sich zurück, gefasst aufs Schlimmste. Der Hammerschlag in seinem Körper traf auf einen

Amboss, wieder und wieder. Das war also das Ende. Die Sonne erlosch, die Nacht kam, und Taras war noch immer am Leben.

In der Dunkelheit horchte ich dem Ungeheuer, das das Schiff begleitete. Im Lampenschein glich das zerfurchte Gesicht des Bootsmanns ägyptischen Wüsten. Er war ohne Herzschlag und ohne Bindung ans Meer, an die Erde oder an irgendetwas. Er war unverbunden und ungehindert, wohingegen jeder andere in Ort und Zeit verankert war. In diesem Mann lagen die Rätsel meines Seins und das des Seins schlechthin.

Die Stunden verstrichen. Die Last wuchs zur Erschöpfung. Er zweifelte, wie er schon immer und überall an jedem und allen gezweifelt hatte. Er war der heimliche Verräter im Orden, der die Lehren des göttlichen Pythagoras in sich aufnahm, ohne sie ganz zu schlucken. Was hatte er schon gesehen? Hatte er nicht geträumt, er wäre wach? Und was besaß genügend Größe, um mehr als eine Ecke in seiner Vorstellung einzunehmen? Selbst die Erscheinung des mächtigen Zeus, an den er nicht glaubte, würde sich bereits nach einer Stunde im Zweifel zersetzen. Auch der gewaltige Kosmos füllte bestenfalls eine Ecke in seiner Vorstellung und nicht mehr.

Aus dem Bodenlosen tauchte das Bild der übergroßen Schwanzflosse auf. Der Schweif zerschnitt die glasklare Oberfläche und ließ die schlangenartige Gestalt darunter erahnen. *Beim Apoll!*, an den er nicht glaubte, kein Mensch hatte so etwas zuvor gesehen… und überlebt! Wieder quoll ihm das Entsetzen über die Lippen. Er wollte schreien und konnte nicht. Er wollte alle warnen, alle retten. Er wollte sprechen, doch schien er zu ersticken. Der Bootsmann war regungslos hinter seiner sandig steinernen Haut.

Im glitzernden Mondeslicht spiegelte das Meer die ewige Harmonie zurück in den Kosmos. Niemand würde seiner Geschichte bei Tageslicht Glauben schenken, nicht einmal er selbst.

»Alles war Zahl«, sprach Taras den Lehrsatz des Pythagoras. »Er selbst hat es gesagt.« Ein Schauer von Pathos übermannte ihn. »Nur die Zahlen sind. Aus ihnen geht alles hervor. Er selbst hat es gesagt. Er selbst hat es gesagt.«

Er wiederholte den Satz, bis sich sein Herz beruhigte. Ihm war der Schlaf verwehrt. Er irrte in der dunklen Nacht der Seele umher, halbblind im Schein der Öllampe. Poseidon, an den er nicht glaubte, war ihnen gnädig gestimmt. Gute Winde ohne unheilvolle Wolkenbildungen würden sie einen Tag früher in Kroton einlaufen lassen.

Taras dachte an den Olymp, die Erdichtungen des Homers, jener schändliche Palast der Gier, des Haders und des Ehebruchs, niedrig und würdelos. Wie anders waren die Worte des herrlichen Pythagoras, klar wie ein See ruhte die Harmonielehre in den Herzen seiner Schüler. Taras war stolz, Pythagoreer zu sein, ein Eingeweihter in die Geheimlehren des Meisters, ein Diener des Schönen, Guten und Wahren. Der Kosmos badete sich im Licht des Logos, der Weltenlaterne im schwarzen Firmament. Das war die Trias, das Dreifachlob an die Einheit von Kosmos, Logos und Theos, die drei Unzertrennlichen, die sich nur gemeinsam denken ließen.

Taras wollte die Harmonie der Sterne atmen und weltvergessen einschlafen. Er konzentrierte sich, doch stieß er sich am Wellenschlag gegen die Planken. Die Welt war auf eine Schiffslänge geschrumpft, und der Kosmos war ins Unendliche gestürzt.

HARMONIE

»Nein!«, rief Taras überrascht von sich selbst.

Sein tiefster Gedanke, unterrückt und verdeckt, hatte sich an ihm vorbeigeschlichen und war ihm über die Lippen geplatzt. Die Ordensbrüder starrten ihn an. Der große Lehrsaal war stumm. Eine Maus huschte die hintere Wand entlang. Seit vier Monaten hatten sie die Irrungen und Wirrungen ihres Bruders verfolgt. Nun hatte er das Gleichgewicht verloren.

»Wer spricht?«, wollte Pythagoras wissen.

Der Meister hielt inne und ließ seine Blicke über die knienden Schüler schweifen. Taras stand auf.

»Sprich laut, mein Sohn, damit wir dich gut hören mögen.«

Der Druck der Erwartungen lastete auf ihn. »Ich zweifle an der Harmonie des Kosmos, o Pythagoras.« Ein Raunen rollte durch den Raum. »Ist sie nicht nur eine Idee, o Meister? Ist das Fremde beizeiten nicht wirklicher? Denn sobald es erscheint, glaubt man nicht mehr an das, was man weiß.«

»Und was wäre das, o Taras, dieses Fremde, von dem du uns sprichst?«, fragte Pythagoras mit der Stimme eines ruhigen Sees, darüber ein sanftes Nieseln auf trockener Haut.

»Das weiß ich nicht, o Meister«, sagte er und senkte die Blicke zu Boden. Gedämpfte Stimmen hüpften von Mund zu Mund. »Ich weiß es noch nicht. Irgendwann vielleicht.«

Das war ein Aufstand. Taras' Rede rüttelte an den Grundfesten der Schule.

»Brüder, glaubt mir, ich will die Lehren des Göttlichen nicht bezweifeln. Es verhält sich nur so, dass etwas in meine Seele eingefallen ist und ich weiß nicht...«

Er stockte. Er würgte.

»Sprich zu ende, mein Sohn.«

Das Lächeln des Pythagoras glänzte wie ein Stern. Taras hätte weinen können. Aber er kämpfte gegen seine Schwachheit, wie es sich für den Musterschüler ziemte.

»Ich weiß nicht mehr...«, stammelte er. »Ich weiß nicht, wie ich es zu Ende denken soll.«

»Taras, mein klügster Schüler, sprich uns, was dir begegnet ist.«

»Meister, ich lüge nicht. Ich vermag es nicht.« Taras' Tränen traten über die Schwelle. Er wollte aus dem Kreis der Brüder fortlaufen.

»Welcher Gedanke ist das, o Taras?«, fragte der Meister. Seine Stimme beruhigte alle gequälten Seelen.

»Ich meine zu glauben, dass das Spiegelbild eines Gottes mich geblendet hat. Nun bin ich blind und sehe nur noch das Licht. Nichts als Licht.«

Ein Murmeln und Murren gingen umher.

»Ein Gott?«, fragte Pythagoras. »Aber Taras! Sind wir nicht alle Götter? Sind wir nicht Teil des Kosmos? Teil der Weltseele?«

Pythagoras' Worte schwappten ruhig wie die stille Ägäis, an der man sich nicht satthören konnte.

»O Meister, ich spreche nicht von den schändlichen Göttern des Homers.«

»Von welchem Gott sprichst du uns denn?«

»Ich weiß es nicht, o Meister. Es muss einer jenseits des Kosmos sein. Denn wäre er der Kosmos, so könnte ich unmöglich ein Teil von ihm sein. Niemals!«

Entsetzen wogte über die Lippen der Schüler.

»Glaubt mir Brüder, ich weiß, was ihr denkt. Nur kann ich nicht anders.«

»Das hieße also«, sprach der ehrwürdige Pythagoras, »dass der Kosmos nicht göttlich sei.«

Ein jeder hielt den Atem an. Das Herz pochte dem Taras zwischen den Schläfen. Ausgesprochenes kehrte nie wieder zurück, und was in anderen Ohren steckte, kam nicht mehr heraus. Das Charisma des Pythagoras stand erhaben über allem und unerreichbar fern, erhoben über jeden Zweifel. Er hätte Taras seiner Dummheit wegen demütigen können, aber er lächelte nur, und Taras sehnte sich danach, in die apollinischen Wahrheiten des Meisters zu fallen. Nicht mehr zweifeln, nicht mehr denken, sondern getragen sein von seiner Stimme.

»Das heißt es, o göttlicher Pythagoras.«

Er hatte es gesagt. Seine Antwort war nicht mehr sein und gehörte nun allen.

»O Taras, ich danke dir für deine Ehrlichkeit. Sprich uns nur, wie du gedenkst, in unserer Gemeinschaft leben zu wollen?«

Taras liefen stille Tränen die Wangen hinunter. »O Meister, ich bin mir meiner Rede bewusst. Die Konsequenzen verfolgen mich bis in den Schlaf. Nur weiß ich mir nicht zu helfen.« Er holte tief Luft. Die Spannung stand vorm Zerreißen. »Ich werde die Gemeinschaft der Pythagoreer verlassen.«

Aristeas sprang auf und lief hinaus. Die Maus tippelte durch den stillstarren Lehrsaal.

JUDE

Taras erwachte und trank von der dunklen Flüssigkeit, der *Melancholia*, der schwarzen Galle, dem üblen Getränk. Die Sonne stand bereits über den Hügeln. Er schlief wie ein Toter seit seiner Rückkehr von Syrakus. Die Brüder weckten ihn nicht mehr, als rechneten sie ihn unter die Kranken. Sie flüsterten über ihn in den Gängen, Fluren und Ecken der Lehrsäle, und er wusste darum. Hinter seiner Kammertür gingen die Brüder geschäftig ihren Verrichtungen nach. *Arbeite und studiere!* Das waren die Hausordnung und der schmale Weg, der aus dem Sumpf der Welt ins Göttliche führte. Die Lehren des Meisters waren enge Wege, die kein Abweichen nach links oder rechts duldeten. Je weiter man auf ihnen schritt, desto mehr verengten sie sich zu einem Seiltanz über offener Schlucht.

Er nahm einen Schluck Wasser aus dem Krug und wusch sich das Gesicht. Die philosophischen Diskurse hatten bereits begonnen. Aristeas leitete sie in der kleinen Halle. Der Zutritt war ihm unmöglich. Wie hätte er seinem Freund unter die Augen treten können? Die Lehre von der Harmonie der Zahlen war nicht die Wahrheit, sondern eine Welt. Wer sie nicht glaubte, glaubte sich in einen anderen Raum.

Die nackte Papyrusrolle rief ihn. Darin die Leere. Darin die Lehre. Zwischen den Sätzen waren die sandig-steinigen Züge des Bootsmanns, der sich umreißen ließ, aber nicht aussprechen. Er starrte eine lange Dauer in die Zeichnung, bis er selbstvergessen schwebte und sich unbewusst mit dem Stift in die Handinnenfläche stach. Blut tropfte auf den Papyrus, und er schaute das Schiff im Meere gleiten. Im Volk herrschte eine Legende, wonach Homer, der Blinde, im Knistern des erlöschenden Feuers das Antlitz des Achills erschaut habe. Die Illias sei nicht das Epos von Troja gewesen, sondern die Bühne für Homers Visionen vom unverwundbaren Helden, der aus erlöschenden Flammen gesprochen hatte.

Taras stach sich nochmals ins Fleisch und erblickte wieder das schaukelnde Schiff. Er tränkte den Stift mit Blut und tat Bewegungen aus der Dunkelheit der Psyche, wo hinab das Licht des Logos nicht leuchtete. Alles war Logos, hatte der göttliche Pythagoras selbst gesagt. Nicht aber diese Striche und Linien, die sich von selbst zusammenfügten. Mit Furcht und Zittern sank er ins Reich der Schlange. Er schrieb nicht; er zeichnete, nein, *es* zeichnete in ihm, bis das

Ungeheuer der Meere an der Oberfläche der Papyrusrolle auftauchte. Ein Strich, noch einer, eine geschwungene Linie, und das Tier erschien. Darüber das Schiff, wackelig klein. Darauf ein Mann drei Strichlein groß. *Er.*

Alkmaion, der Arzt, trat herein. Sein kahler Kopf leuchtete im Glanz der aufgehenden Sonne, die durch das Fenster stach.

»Rätselst du noch immer, o Taras?«

Sein Bruder hatte gelbliche Augen, dürre Beine und einen runden Bauch. Unter allen war er der Enthaltsamste am Esstisch. Allerdings blähte sich ihm der leere Magen zur Kugel. Seine Gewänder rochen stets nach Gewürzen. Kräuter und Rezepturen umgaben ihn wie eine Wolke.

»Das tue ich, o Alkmaion.«

»Ich verstehe nicht, warum du dich mit Aberglauben abgibst, wenn doch der göttliche Pythagoras uns die Wahrheit offenbart hat. Löse dich, o Taras, von den Hirngespinsten des Homers.«

Alkmaion schielte. Er war hässlich, aber er besaß die höchste aller Tugenden: die Leidenschaftslosigkeit, die *Apatheia.*

»Ich höre dich, o Alkmaion«, sprach er geistesabwesend.

Taras litt unter der größten aller Untugenden: dem Zweifel, dem nagenden Wurm, der Holz und Herz zerfraß.

»O Taras, weißt du, mit welchem Wort die Illias beginnt?«

Taras hob die Schultern und schlürfte am sauren Getränk der inneren Galle.

»Verrate es mir, mein Bruder.«

»Menis.«

»Zorn«, flüsterte Taras.

»Das ist die Wahrheit der Einfältigen: Zorn, Groll, Hader. Der herrliche Meister hat uns aber den Weg zur Seelenruhe gewiesen. Warum willst du den Fantasiegebilden des Homers anhangen?«

»Du hast recht, o Alkmaion. Du hast recht. Und doch…«

»Was?«

Taras schluckte trocken. »Ich habe nicht behauptet, dass ich an die Mythen glaube, sondern…«

»Sondern was?«

»Lediglich, dass mir die Worte fehlen. Warum kann man das nicht verstehen? Und warum sollte das verwerflich sein?«

»Nein, guter Taras, das ist es nicht.«

Taras wandte sich zu Alkmaion. »Du bist Arzt, o Alkmaion. Was rätst du mir?«

»Dein Magen ist schwach. Du musst dem Wasser mehr Wein beimischen. Du wirst sehen, deine Verwirrung ist nur eine Verstimmung des Magens.«

Taras nickte. Nach seiner Ankunft hatte er drei Tage unter Schüttelfrost gelitten, bevor sich die Sturzsee in ihm, Woge um Woge, geglättet hatte. Der Geruch von Fisch und Oliven haftete ihm noch immer an. Wie unter einer Dünung hob sich sein Gesicht, und er blickte seinen Bruder direkt an.

»Sprich mir, o Alkmaion, wärst du bereit, dasselbe zu tun?«

»Was meinst du, o Taras? Ich verstehe nicht.«

»Würdest du die Lehren des Pythagoras als Magenverstimmungen abtun?«

Alkmaion schüttelte den Kopf und wies das Ungeziefer des Zweifels von sich: »Das sei fern!«

»Dann verrate mir, o Alkmaion, warum meine Erlebnisse die Erscheinungen des Leibes sein sollten?«

Alkmaion erkannte das Spiel von Taras. »Weil die Lehren des Pythagoras wahr sind, und die Geschichten des Homers Erfindungen.«

»Womöglich hast du recht, guter Alkmaion. Wenn die Lehren des herrlichen Pythagoras das Maß sind, so frage ich mich, was bemisst das Maß?«

»Ich verstehe nicht, o Taras.«

»Wenn die Lehren des Meisters das Maß der Wahrheit sind, wie können wir das Maß bemessen, um es von allem Irrtum freizusprechen. Denn wenn es kein Maß fürs Maß gibt, dann wird unsere Wahrheit ein Glauben, oder meinst du etwas anderes, o Alkmaion?«

Alkmaion schüttelte den Kopf. »Du warst immer sein bester Schüler. Aber siehst du nicht, dass das Maß des Maßes wieder eines Maßes bedürfte? Denn müssten wir nicht auch das Maß bemessen, das das Maß bemisst, um es über allen Zweifel zu erheben? Und dieses würde wieder eines Maßes bedürfen und so weiter und so weiter, ohne Ende.«

Taras rieb sich das Auge und verkleinerte die Lippen zu Schlitzen. »Du hast recht gesprochen, o Alkmaion. So ist Wahrheit ein Glauben, oder denkst du etwas anderes?«

Alkmaion trat an ihn heran, als hätte er die Frage nicht gehört. »Sprich mir, o Taras, bist du größer als der Meister?«

»Mitnichten, o Alkmaion. Das sei fern«, sagte er monoton.

Der Arzt war betrübt, und Taras wollte ihn nicht mehr aufbürden, denn der Ballast seiner Gedanken war beschwerlich.

»Was ist das?«, fragte Alkmaion, als er den Papyrus betrachtete.

»Ich weiß es auch nicht, aber begehre es zu erfahren.«

»Frage den Juden«, riet er Taras und wandte sich zum Gehen. »Aber sag keinem, dass der Rat von mir stammt.«

»Ist er denn wieder in der Stadt?«

»Man will ihn in den Straßen gesehen haben, wo er seinen Handel treibt.«

Taras nickte. Dann zog er sich die Sandalen an, rollte den Papyrus zusammen und verließ den Orden.

Taras betrat das Geschäft des Juden. Es roch nach Staub und feinem Sand. Eine Frau spähte argwöhnisch hinter einem Vorhang und rief den Namen Jakob. In ihrem Mund klang es wie: *Jaa-koof.* Der Jude trat hervor mit einem Stöhnen, als litt er unter seinem Rücken und jedem Kunden. Man konnte in diesem Laden allerlei kaufen. Da waren Lebensmittel, Riemen, Leder und einige liehen sich auch Geld bei ihm.

»Wie kann ich euch helfen, werter Pythagoreer.«

Man erkannte die Ordensmänner an ihren ärmlichen Gewändern.

»Ich bin nicht gekommen, etwas zu kaufen, werter Kaufmann. Ich bringe eine Frage, weil man mir sagte, dass ihr sie vielleicht beantworten könntet.«

Der Jude blickte interessiert. Das Geschäftliche langweilte ihn. Er hatte Rabbiner werden wollen, um sich stündlich ungestört den Geheimnissen der Schriften zu widmen, denn wo zwei oder mehr diese studierten, war der Gott Israels mitten unter ihnen, so der

Glaubensgrundsatz. Die Griechen belächelten ihn dafür, denn die Götter lebten oben auf dem Olymp und traten nie in die niederen Behausungen der Menschen.

Taras rollte den Papyrus aus, deutete auf die Schlange und fragte: »Verratet mir, werter Geschäftsmann, was das ist!«

Der Jude studierte die Linien mit seinen Fingern, als könnte er mit den Nägeln sehen.

Der Jude blickte ernst. »Blut?«

»Das meine«, sagte Taras angespannt.

»Im Blut habt ihr es gesehen?«

Taras nickte. »Was ist das?«

»Noch nie gesehen«, sagte der Jude und schob den Papyrus von sich.

»Aber ihr wisst, was es ist. Ist es nicht so?«

Die verschleierte Frau blickte durch den Schlitz in einem Vorhang. Der Jude räusperte sich und atmete tief ein. Dann hustete er und befreite sich vom Staub seiner Schriftrollen.

»In meinem Land gibt es einen Mythos, darin schuf der Herr die große Schlange der Meere.«

Die Frau hinter dem Vorhang bewegte sich unruhig.

»Eine große Schlange?«

»Wir nennen ihn den Leviathan. Er ist die Urkraft in der Welt, noch bevor alles andere geschaffen wurde.«

Taras war erregt. »Wer ist dieser Herr? Von wem sprecht ihr?«

»Der Herr ist der Schöpfer des Himmels und der Erde«, sprach der Jude mit dem Hauch des Erhabenen zwischen den Silben, die seine Worte mehr wie ein Gebet als eine Erklärung hören ließen.

Taras schüttelte den Kopf. »Die Welt ward nicht geschaffen, sondern war schon immer und wird auch immer sein.«

»Woher wisst ihr das, o Pythagoreer?«

»Der göttliche Pythagoras hat uns das gelehrt.«

Dann dachte Taras an das Maß, das das Maß bemaß, und schwieg. Was war, wenn alles anders war als die Lehren des Meisters?

»Tora spricht etwas anderes«, sagte der Jude gedehnt.

»Tora? Was ist das?«

»Das Gesetz der Juden.«

Taras bewegte sich unruhig von einem Bein aufs andere. »Und was spricht das Gesetz über den Leviathan?«, fragte er ungeduldig.

»Die große Meeresschlange ist die Mutter des Chaos. Sie verbindet die Tiefen mit den Höhen, das Nahe mit dem Fernen.«

»Das Nahe mit dem Fernen?«, sprach Taras wie die Nymphe Echo.

Er verstand nicht, und doch waren die Worte des Juden Lichtfunken.

»Der Mythos besagt, dass derjenige, den die Schlange berührt, *Tohuwabohu* erfährt.«

Taras konnte das hebräische Wort nicht nachsprechen. »Was ist das?«

»Ihr Griechen sprecht vom Chaos, wir Juden von der Kraft, die alles verbindet.«

Taras schüttelte den Kopf, als passte das Neue nicht hinein. »Das Chaos ist die Unordnung, der herrliche Pythagoras hat es selbst gesagt.«

Der Jude hatte große Augen, irgendwie gleichgültig und abwertend, als stünde das Wort eines Sterblichen gegen das eines Gottes.

»Nicht in meinem Glauben, o Pythagoreer. Tora spricht, im Anfang war die Welt wüst und leer und der Atem des Herrn schwebte über den Wassern. Der Mythos wiederum verrät uns, dass unter den Wassern die große Schlange hauste, noch bevor alles getrennt wurde.«

»Was meint ihr mit getrennt?«

Taras war verwirrt. Die Geschichten des Juden wollten nicht zu denen der Hellenen passen.

»Das Wort des Herrn schied oben von unten, Dunkelheit vom Licht, das Wasser vom Land. So ward die Welt geschaffen«, erklärte der Jude und hustete.

Der Vorhang bewegte sich, hinter dem die Frau heimlich lauschte.

»Und die Meeresschlange? Was ist mit ihr?«

»Sie haust noch immer in den Tiefen der Meere. Wen sie berührt, der kehrt zurück zu den Anfängen. *Tohuwabohu.*«

»Ungetrennt?«, hauchte Taras und spürte wieder jeden einzelnen an Bord des Schiffs und die Stricke, die sich übers Meer bis in den Kosmos erstreckten. Allein der Bootsmann entzog sich allen Bindungen.

»Ungetrennt«, nickte der Jude.

Die Frau hinter dem Vorhang verschwand.

SIRENEN

In der zweiten Nacht unserer Reise durchquerte das Schiff die Odysseus-Schneise, worin der gefürchtete Gesang der Nymphen hallte, der verführerischen Sirenen, die die Seefahrer in den süßlichen Tod lockten...

Homer. Hesiod. Hexameter. Herakles. Heuchler. Nichts als Blendwerk. Der Seele nutzlos, der Vervollkommnung wertlos. Sie waren dem Taras ein Ekel, nicht der Unwahrheit, sondern der Schändlichkeit wegen, verpackt im Versmaß. Die Sirenen waren nichts als das Grausen, das ihrem Gerücht vorauseilte. Mythen für Einfältige! Keiner, so der Volksglaube, war mannhaft genug, um den lasziven Lockungen zu widerstehen. Die Mächtigen waren die ersten, die sich wilden Kopfes über Bord warfen, dem Schlund der Ägäis zum Fraß. Taras zweifelte nicht, dass es etwas zu hören gab, allerdings keine Nymphen, sondern die Winde zwischen den Steilhängen. Männer voll süßen Weines ertranken, verführt vom Säuseln der Felswände, in die sie die Hexameter des Homers hineingedichtet hatten.

Der *Nous*, der Verstand des Menschen, das Licht des Logos, strahlte über den Mythen. In seinem Schein wandelte Taras, als ihn unvorhergesehen die Dunkelheit überfiel und *Ananke*, die eiserne Kette der Notwendigkeit, zersprengte. Der Logos gestikulierte ein Kauderwelsch, und der Kosmos ward ein Flickenwerk. Der ewige Grund, auf dem Taras fußte, ward zu Meeressand.

Es trug sich zu, als ich versunken in Kontemplation den zurückliegenden Tag bedachte, seiner guten und schlechten Seiten wegen, als sanfte Töne aufstiegen und mir warmes Wasser ins Ohr träufelten. Wir durchschifften die Doppelinseln, deren Küsten sich im Mondlicht abzeichneten. Die Felswände ragten empor. Die Reisenden schliefen. Allein der Bootsmann wachte am Ruder bei der Laterne. Seine Züge zerfurcht und zerspalten, die Haut verbrannt von tausend Sonnen, das Haar schlohweiß. Er war älter, als seine Jahre gezählt hatten.

Wäre Odysseus in jener Nacht unser Kapitän gewesen, so hätte er uns befehligt, uns die Ohren mit Wachs zu verschließen. Ich hätte gehorcht, aber nicht geglaubt und deswegen einen Spalt gelassen. Es hätte nichts zu hören gegeben, und niemand wäre in Gefahr gewesen, toll wie ein Köter die Reling zu balancieren, zu stürzten und zu versinken. Den Einfältigen war das Göttliche das Unheimliche. Den Pythagoreern war es das Gute, und der Kosmos war uns Herd, an dem wir hausten. Allein ich irrte mich. Ich spreche es aus und verstehe es nicht.

Ich Taras, Sohn des Pluteus, hörte den Sirenengesang! Schmerzlich süß und von überall her, bar der Bosheit und ohne verführerische Lieblichkeit, voll von kalter Klarheit und schwerthafter Schärfe. Sanft eisige Stimmen drangen mir widerstandslos ins Mark. Das Geheimnis meiner selbst und das des Kosmos traten mir in wirren Knoten entgegen. Der Blick ins nächtliche Nichts besaß den Zauber von Spiegeln, eine Fülle an Reflexionen. Alles verkehrte sich. Sinn zu Unsinn. Leben zu Tod. Verkehrt! Verkehrt! Verkehrt! Der Kosmos war aus den Rudern geraten, und Wahn und Verstand verschlangen sich im Tanz.

Die Psyche wurde mir wild und toll, ein Hund mit Schaum vorm Maul, allein da war kein Schaum. Der göttliche Schleier der Harmonie fiel und gab dem Chaos Raum. Zum ersten Mal erschallte mir der wahre Klang der Sphärenmusik als tosende Stille, wie Myriaden von Grillen, eine Leere gefüllt bis zum Rand. Der heimische Herd wurde mir unheimlich. Der Mensch ward ein Theaterspieler, die Persona in einem Stück, hinter Masken, in denen er auftrat, kam und ging, weinte und schrie, begleitet und geleitet vom Chorgesang, bis schließlich Athena, getragen auf einer Maschine, deus ex machina, uns alle rettete.

Jahre der Freude und des Leids, verteilt über Jahrzehnte, säuberlich getrennt, drängten und pressten sich in diesen kurzen, klaren, kalten Stimmenklang, und mein ganzes Leben widerfuhr mir im Nun. Einen vergleichbaren Moment hatte es nicht gegeben und durfte es hernach nicht mehr geben. Der Taumel im Sirenenklang war einmal und für immer.

Das Vergangene verflocht sich zum Sinn. Unzertrennlich verzurrt. Eine Gabe schenkte und nahm, raubte mir das Jetzt und den Morgen, lose Gebilde im kahlen Kosmos, lückenhafter Nachhall bis hinab in den Hades. Für die Länge eines Gesangs durchschwamm ich Myriaden von Leben. Unvergleichbar schön und schlimm zugleich. Der Morgen ward eine Planke auf hoher See: ziel- und richtungslos.

Es gab sie also doch: die stehende Zeit, von der die Mysterienkulte sprachen. Wer sie betrat, kehrte nicht zurück. Steht verzweifelt vor der Tür, hinter der der Göttergesang erklang. Sirenenhall und Nymphenschall. Der Logos zerbrach. Die Zahl zerbarst. Dahinter in Umrissen erschien der grauenvolle Götterglanz. Die kosmische Harmonie ward nicht länger Wirklichkeit, sondern Linderung, das kühle Tuch auf fiebriger Stirn.

Die Sirenen versiegten. Ich war noch im Leben, ausgestreckt über den Schiffsboden. Ich robbte zur Reling und erhaschte den zerbrochenen Mondesglanz auf der Wasseroberfläche.

»Spring!«, sprach ich mir zu.

Die innere Logik gab sich selbst recht: Der Sirenengesang war nicht mehr, nimmer mehr. Im Tageslicht würde mir die Welt zum Wahnsinn werden. Ich erkannte mich selbst als Suchenden, ohne zu finden. Ein Verlorener in einem Echo. So lockte die Ägäis mit plätschernden Versprechen, mich dem allmählichen Sterben zu entreißen. Wer hätte schon bemerkt, wenn ich ins Meer geglitten wäre? Nur der Bootsmann, der mich unverwandt beobachtete. Ich fragte mich, ob auch er sie vernommen hatte. Und warum litt er nicht daran? Er war wie einer, der die lieblichen Lieder bereits tausendmal vernommen hatte und dennoch lebte. Der Fremde war mir eingeweiht und verbrüdert. Er würde mich nicht retten. Blinden Auges hätte er mich gelassen.

Meine Zunge war gesalzen, und die Beine waren mir eisern schwer, als zögen sie mich in den Hals der Ägäis, von wo kein Sterblicher zurückkehrte. Über meinem inneren Auge leuchtete der Meeresspiegel, während ich gegen den lockenden Sog nach unten stritt.

»Ich ertrinke. Ich ertrinke. Fessele mich! So fessele mich!«, flehte ich den Alten an.

Seine Augen waren frostig, als verstünde er nicht, warum ich mich ans Leben klammerte. Dennoch nahm er ein Tau und schnürte mich an den Mast. Es ward mir die Nabelschnur zur Welt.

Vier Monate sind seitdem vergangen. Oder vier Jahre. Oder vier Äonen. Ich weiß nicht mehr. Ich hatte auf Antworten gehofft, die Ataraxie, die Seelenruhe, gesucht. Die Gespräche mit den Brüdern vergrößerten die Verwirrung und linderten sie nicht. Mehr denn je bin ich Taras, der Rastlose. Der Kosmos scheint übergroß, und die Sphärenmelodie brummt in meinem Schädel, und überall liegen Scherben aus Zahlen.

Mein Bruder Alkmaion erinnerte mich daran, dass meine Magenschwäche Träume verursache. Hätte ich seinen Rat nur befolgt und Wein in meine Wasserflasche gemischt! Aber taten wir nicht Unrecht, wenn wir die Wirklichkeit in die Psyche verbannten? Hatte ich geschlafen und geträumt, ich sei wach? Bin ich wach und träume, ich schliefe? Und wie erkläre ich Aristeas, dass das, was nicht mehr ist, auch niemals war?

Bei Nacht höre ich den Sirenengesang, und der Kosmos zerkrümelt. Der Bootsmann lenkt das Schiff, und der Greis wird mir zum Gott, nicht etwa der Bote Hermes, sondern der Zeus selbst in einer seiner tausendfachen Gewänder, mit denen er unerkannt unter uns schreitet. Sein zerfurchtes Gesicht schwebt über mir, während ich ertrinke… und er mich lässt.

ABSCHIED

Taras trug den Beutel mit seinen Habseligkeiten über der Schulter. Zehn Jahre als Pythagoreer hatten ihn Armut gelehrt. Nun lebte er von wenig: eine Kammer, eine Liege, Brot und Wasser, mehr nicht. Die Stunde des Abschieds war da. Er konnte kein weiteres Mal im Speisesaal mit den Brüdern das Mahl einnehmen. Zu groß war die Last ihrer fragenden Gegenwart.

Pythagoras stand beim Fenster der großen Halle, die Blicke bei den Sternen. Der Mond stand über seinem Haupt als leuchtender Kreis. Es war still in dem schlafenden Haus. Man sagte dem Meister Wunder nach. Er solle Menschen geheilt haben. Einige meinten, er könne auch Tote aus dem Hades erwecken. Taras hatte nie eines gesehen, aber er zweifelte nicht daran. Wenn einer solche Werke vermochte, dann dieser da. Zwischen den Göttern, an die er nicht glaubte, und den Menschen wandelten die Halbgötter, Söhne des Olymps wie der starke Herakles. Pythagoras musste einer davon sein.

»O Meister?«, flüsterte er in die Stille.

Pythagoras kehrte sich nicht zu ihm um. »O Taras, mein Sohn. Du verlässt uns?«

»Ich habe hier keinen Platz mehr.«

»Finde deinen Platz im Kosmos«, sprach er orakelartig, entdeckend und verdeckend zugleich.

»O großer Lehrer, darf ich euch eine Frage stellen, bevor ich gehe?«

»Frage nur, mein Sohn«, sprach Pythagoras erhaben.

»Vermögt ihr die Sphärenmusik zu hören?«

Die Grillen füllten die Halle mit klangvoller Stille, die unhörbar war, weil sie immer da war.

»Mein Sohn, ich habe sie noch nie gehört.«

Ein Blitz durchzuckte Taras. »Aber ihr müsst sie irgendwann gehört haben, o Meister? Wie sonst hättet ihr uns lehren können?«

Der große Lehrer bewegte den Kopf leicht von links nach rechts. »Noch nie, mein Kind.«

Dem Taras wurde kalt. »Dann bin ich nicht der Einzige?«

In jenem Augenblick erahnte ich die Sphärenklänge, die dickflüssig durch die Grillen strömten, immer gleich, und nur der langen Weile zugänglich. Im Inneren des Kosmos spielte das Chaos den Grundton, und der göttliche Pythagoras hielt uns die Ohren zu, aus Liebe, aus Mitleid, aus Führsorge. Er selbst nahm das Zirpen in sich auf, verstärkte es und heraus strömten die herrlichen Lehren des Auserwählten.

»Irre dich nicht, Taras, denn das große Schauspiel liegt hinter den Erscheinungen. Das ist die wahre Lehre.«

Seine Stimme bewegte sich wie ein großer See, und Taras versank darin wie viele Male zuvor.

»So wie die Zahlen hinter allem und in allem wohnen?«

Der Lehrer nickte. »So ist es, mein Sohn.«

»Aber was ist, wenn die Phänomene den Zahlen zuwiderlaufen, o Meister? Was ist, wenn die Erscheinungen sich nicht eurer Lehre beugen?«

Pythagoras lächelte, und Taras schwebte in einer Leichtigkeit, die sonst kein anderer in ihm hervorrief.

»In zweitausend Jahren werden die Menschen die Wahrheit der Zahl neu entdecken. Jeder, vom Kleinsten bis zum Größten, wird ein Geometer sein.«

Ehrfurcht erfüllte Taras. Die Brüder hatten oft darüber gesprochen, dass über dem Haupt des Lehrers ein Auge schwebe, das nicht räumlich, sondern zeitlich blickte und dabei Millennia durchschnitt wie das Messer das Brot. Er hatte das Ende des dreitausendjährigen Ägyptens vorausgesagt und das kommende Zeitalter der Hellenen und auch dessen Vergehen. Taras dachte in Tagen, der göttliche Pythagoras in Jahrhunderten. Er führte keinen Dialog mit seinen Schülern, sondern sprach durch sie hindurch, ein Sprachrohr von einem Jahrtausend zum nächsten.

»O herrlicher Pythagoras, eines begehre ich zu wissen. Warum dürfen wir keine Bohnen essen? Welches Übel sind sie?«

»Sie sind kein Übel, mein Kind«, sagte der Meister und lachte so herzlich und weich, dass Taras diesen Ort nie verlassen wollte. Hätte der göttliche Meister ihm geheißen, zu seiner Kammer zurückzukehren, so hätte er gehorcht.

»Aber warum ist es uns verboten, sie zu essen?«

Taras war erregt, denn jetzt erst, da er schon auf der Schwelle zum Ausgang stand, offenbarte der Meister seinem besten Schüler die Lehren hinter den Lehren.

Dann lächelte er mit dem Mondesglanz auf seinem Antlitz. »Taras, mein Sohn, der Mensch bedarf der Reinheit.«

»Ich verstehe nicht, o Meister.«

»Du verstehst vieles nicht, mein Kind. Darum bedarfst du der Regeln, und ich habe dir gegeben, was du brauchst. Der Mensch bedarf der Reinheit. So gab ich dir das Unreine, damit du es meidest und rein lebest.«

Ein Schleier fiel von Taras Augen. Der Lehrsaal ward Leersaal. »Bohnen sind gar kein Übel, sondern…« Er wagte es nicht auszusprechen.

»Sie sind allein da, um dir zu dienen.«

Taras Welt brach zusammen. Er wäre zuvor eher verhungert, als eine Bohne in seinen Mund zu legen, damit seine Seele keinen Schaden nähme. Alles stand Kopf, und doch hatte der Meister recht gelehrt.

»O herrlicher Pythagoras, eure Lehre besagt, dass es zehn Planeten im Kosmos gebe, doch man hat nie mehr als neun gezählt. Was ist, wenn die unsichtbare Gegenerde nicht existiert?«

Der Meister lächelte grenzenlos und allgegenwärtig durch jede Partikel im Kosmos hindurch. »Es musste sie geben. Für dich, mein Kind.«

Taras hätte weinen können, denn der Meister hatte recht mit allen Dingen. Er begriff, dass der göttliche Pythagoras nicht die Lehre der Wahrheit geschenkt hatte, sondern die Wahrheit der Lehre.

»Mein Sohn, es wird die Zeit kommen, da die Menschen nicht mehr nach Regeln fragen werden, sondern nach dem Wesen der Dinge. Niemand wird dann noch wissen wollen, was recht und unrecht, sondern allein, was das Wahre sei.«

»Wann wird das sein, o Meister?«, fragte er mit offenstehendem Mund.

»Myriaden.«

Das war des Meisters Wort, das auf eine Zukunft deutete, die nur er vorhersah.

»Bis dieses neue Zeitalter kommt, ist es vorteilhafter, der Mensch sei gefesselt und nicht frei, mein Kind.«

»Wieso dieses, o Pythagoras?«

Das Zirpen der Grillen schwoll an. Noch nie hatte Taras es so laut vernommen. Er hatte all die Jahre den Planeten gelauscht und dabei dieses Geräusch überhört.

»Nur wenige ertrügen die Last. Auch du nicht, mein Kind. Der Mensch ist nur Menschen gekettet an einem Baum und nicht frei wie ein Vogel. Es wird aber eine Zeit kommen, da der Mensch seine Ketten sprengen wird.«

Taras erkannte, dass die Zahlen das Absolute waren, worauf die Sandalen der Brüder standen, ungleich der schwammigen Lehre des Heraklits, jenes ruchlose Schwappen der Relationen. Ohne den Boden der festen Zahl wären sie versandet.

»O Meister, sprecht mir auch, warum die Zahl vier heilig sei.«

»Weil ihre Summe eins, zwei, drei und vier die vollkommene Zahl zehn ergibt.«

Dem Taras pochte das Herz, denn er lernte alles, was er bereits wusste, wie zum ersten Mal. »Aber könnten nicht auch andere Zahlen heilig sein, o Meister?«

Da strahlte das Lächeln des göttlichen Pythagoras auf ihn nieder. »Du hast recht gesprochen. Es wird eine Zeit kommen, da die Menschen den Dreiklang des Homers wieder entdecken werden. Sie werden die Drei heiligsprechen, wieder andere das Eine des Parmenides, und beide werden sich vermischen.«

»Wie dieses, o Meister? Wäre das nicht ein Widerspruch?«

»So ist es, mein Sohn.«

Jahre später würde Taras in seine Rolle schreiben:

Was den Pythagoras übermenschlich machte, war nicht seine Lehre, sondern die Tatsache, dass wir ihrer bedurften. Es war nicht die einzig richtige, sondern die einzige für uns. Der Meister war kein Mensch, sondern Sohn der Götter, Verkörperung des Kosmos, Fleisch gewordener Logos. Er allein barg in sich den Lauf der Sterne und den Gesang der Ferne.

»Nach mir werden andere Pythagorasse kommen. Einige werden mächtiger sein als ich, aber mir nicht ungleich. Sie werden behaupten, sie seien ich, und ich werde in vielen von ihnen sein.«

Das war die Lehre der Seelenwanderung, das dunkelste Kapitel in den geheimen Schriften. Die Hellenen stiegen im Tode hinab in den Hades, der Pythagoras aber begab sich auf eine Reise zu einer neuen Form.

Taras würde ihm nicht mehr folgen, doch ständig ehren, den Sohn des Kosmos. Ohne ihn waren die Menschen verloren. Der Meister würde sterben und wiederkehren, als Seelenwanderer Myriaden überqueren. In den Jahrhunderten des Schweigens würden die Menschen seine Rückkehr erbeten, und er würde kommen in neuen Namen und anderen Gewändern. Den Pythagorassen gehörte die Welt. Ohne sie waren wir verirrte Schafe.

»O Meister, gewährt mir noch eine Frage, bevor ich gehe. Warum habt ihr nie etwas aufgeschrieben, damit es die Nachwelt lesen und erfassen möge?«

Der Meister lächelte unendlich gütig. »Das habe ich. Du, o Sohn, bist mein Brief an die Nachkommenden.«

Taras beugte sich tief nieder vor dem Göttlichen und verließ den Orden. Aristeas lief ihm nach, holte ihn ein und stand säulenhaft vor ihm. Beide wollten sprechen und vermochten es nicht für eine lange Zeit. Sie standen auf demselben Boden, aber in unterschiedlichen Kosmen. Sein Bruder reichte ihm eine Schriftrolle als Geschenk.

»Die goldenen Verse? Du hast sie vollendet?«, fragte Taras.

Aristeas hatte Jahre mit den Aufzeichnungen verbracht, die Weisheiten des Meisters zusammenzutragen.

»Die Lehren des göttlichen Pythagoras. Anleitung und Praxis«, sprach Aristeas, und seine Stimme zerbrach.

Aristeas umarmte Taras und drückte ihn an seinen großen Körper. Der Geruch seines Haars machte Taras besinnungslos. Er hielt den Schönen, wie er ihn schon immer hatte halten wollen. Beide bebten und weinten. Dies war Taras' traurigster Moment. Auch der Tag des Todes konnte nicht schwärzer sein.

IDIOT

Der Junge fuchtelte mit den Armen, zog an den Fingern seines Vaters, rief etwas Unverständliches. Etwas stimmte nicht. Der punkthafte Kopf dort im Meer tauchte nicht mehr auf. Der Vater verstand nicht sofort, dann aber sah er die sinkende Silhouette in der Septemberhitze.

»Wir müssen ihn retten!«, rief der Sohn.

Vater und Sohn waren zu weit weg. Zuerst hätte man den Hang hinabsteigen müssen, ohne dabei zu stürzen, um dann hinauszuschwimmen, doch der Vater hatte sich das Schwimmen bei den Hunden abgeschaut, die ihre Laufbewegungen auch im tiefen Wasser fortsetzten und so zurück zum Strand paddelten. Nie hätte er dort hinausschwimmen können, ohne selbst zu ertrinken.

Dreißig Jahre waren vergangen, seitdem Taras den Orden verlassen hatte. Vieles hatte sich seitdem zugetragen. Das Haus des Pythagoras war in einem Feuer untergegangen, darin viele Brüder und auch der Göttliche. Taras' Weg hatte ihn an die Küste geführt, wo sich die Winde der Ägäis in den Hängen zum Säuseln verfingen. Er hatte die letzten Sätze seines Lehrers mitgenommen, die nicht aufhörten, delphisch zu ihm zu sprechen.

»Taras, mein Sohn, wisse, dass das Meer eine Metapher ist und deine Reise darauf die Wirklichkeit.«

Das Lächeln des Meisters hatte ihn nie verlassen, ebenso wenig wie dessen sybillinischen Lehren.

Taras war ein Fischer am Meer geworden, wo er einst die Sirenen zu hören gemeint hatte, unweit der Odysseus-Schleuse. Die Tore ins alte Leben waren ihm verschlossen. Die Nachricht vom Tod seiner Mutter und seines Vaters hatte ihn halb so viel bewegt wie die, dass der Göttliche in den Flammen umgekommen war. Viele hatten gemeint, er wäre dem Tode entkommen, andere behaupteten, er würde aus dem Hades zurückkehren und warteten noch heute auf die Wiederkunft des göttlichen Pythagoras.

Die Bewohner des nächstgelegenen Städtchens kannten Taras' Namen nicht, so nannten sie ihn »der Idiot«, das meint im Griechischen *der Einsiedler*. Es war eine Anspielung auf seinen verloren gegangenen Verstand, denn wer außerhalb der Gemeinschaft lebte, gehörte zu den Barbaren und war mehr Tier als Mensch. Die Kinder aus der kleinen Polis kamen regelmäßig hinausgelaufen, um ihre Späße mit ihm zu treiben. Sie versteckten seine Fangnetze und die Ruder seines Bootes. Manchmal schmissen sie Steine nach ihm, wenn der Alte zur Statue erstarrt am Hügel stand. Einmal hatte einer ihn an der Stirn getroffen, und das Blut war ihm ins Auge gelaufen. Er hatte sich nicht geregt. Die Kleinen waren fortgelaufen, und keiner wollte geworfen haben.

Mit den Jahren gewöhnten sich die Leute an den alten Kautz. Sie trieben Handel mit ihm auf dem Markt und kauften seine Fische. Sie stießen sich nicht mehr daran, dass er nicht sprach. Er wurde alt, schnell alt, mit einer Haut aus Sand und Stein. Man lachte auch nicht mehr über ihn, wenn er bei den dionysischen Festspielen mit Tränen in den Augen im Publikum stand, sobald die Göttin Athena, getragen von einer Maschine, über der Bühne schwebte und voller Gnade heilsam ins Geschehen eingriff. Er war der Einzige, der das Stück stehenden Fußes und tränenden Auges bis zum Ende verfolgte. Die Bewohner hatten sich daran gewöhnt, und ihre Verärgerung über die Störung war dem Mitleid gewichen. Taras hatte den Tag vorhergesehen, wenn die Anmut der Athena ihn nicht mehr retten und er allein mit der Ägäis bleiben würde.

In der Ferne tauchte der Alte nicht mehr auf. Es hatte ihn verschluckt, wie auch er das Meer verschluckt hatte und mit seinen Dünungen im Bauch gelebt hatte. Der Sohn schwieg, und der Vater strich ihm übers Haar. Niemand ahnte, dass der Einsiedler sich bereits viele Male ins Wasser hatte hinabsinken lassen, nur hatte dieses ihn stets ausgespuckt wie einen toten Fisch. Nun verschlang es ihn, als hätten die Jahre ihn würdig gemacht.

Der Vater betrat die Hütte des Alten. Die Kletterpflanzen verkleideten den Zerfall der Mauern. Ein leerer Raum, der flüchtige Wandel der Zeit darin. Der Herd war erloschen, eine Schüssel mit Bohnen darauf. Der weiße Meeressand knirschte unter den Sandalen. Es gab nur eine Liege und einen Tisch, daneben Papyrusrollen. Der Vater öffnete die erste Rolle und las mit den leidlichen Kenntnissen eines Kaufmanns.

Mein Name ist Taras, Sohn des Pluteus, genannt der Rastlose.

Es gab dunkle Tropfen an verschiedenen Stellen. Er öffnete eine andere Rolle. Auch sie war rot betropft. Einige Passagen waren nicht mit Tinte geschrieben, sondern mit Blut.

Ich vernehme die Sirenen, und die Zeit bleibt stehen.

Der Vater schickte den Sohn zurück in die Stadt, Hilfe zu holen, damit man die Leiche des Alten fände. Der Kleine rannte davon, und der Mann las weiter.

Sie haben mich alle begleitet, mein Leben lang: das Lächeln des Pythagoras, die Statuen des Aristeas, die Stricke der Meeresschlange, das Singen der Sirenen und der Bootsmann. Ihre Bilder wechselten sich ab. Manchmal war das eine mächtiger, dann das andere. Beizeiten versank eines auf Jahre im Nebel, bis es wieder auftauchte mit neuer Kraft. Sie gehörten zusammen auf unzertrennliche Weise. Mit ihnen habe ich gelebt. Mit ihnen sterbe ich. Über allen schwebt das Gesicht aus Sand und Stein: der Bootsmann, Begleiter meiner Reisen.

Die Rollen waren vergilbt und hatten einen strengen Geruch. Der letzte Eintrag war noch frisch.

Der göttliche Pythagoras behielt recht. Unsere Lehren waren nicht für uns allein, sondern Liebesbriefe an die Jahrtausende hernach, und wir ihre Überbringer. Mögen meine Episteln würdige Empfänger finden.

Der Mann trat aus der Hütte mit den Rollen unterm Arm. Die Sonne senkte sich, und das Brummen der Grillen wurde hörbar laut.